# 扉《とびら》をあけると。
## Ⅱ

アアジャボワ すてきなじゅもん

紙ひこうき 編著

おもちゃ箱《ばこ》のカーニバル
人形《にんぎょう》ピエロのピアニスト
足《あし》でリズムをとりながら
はずむタッチで鍵盤《けんばん》をたたき
くちずさむあたらしいうた
「アアジャボワ……」
すてきなじゅもん
心《こころ》の扉《とびら》をあけると。
物語《ものがたり》の世界《せかい》がつづいていく

# あ。消《き》えた……

児島《こじま》まみ　作《さく》

チャト　絵《え》

タツヤが初《はじ》めて、そのおじさんをみたのは、ゴールデンウィークと夏休《なつやす》みのちょうど真《ま》ん中《なか》くらいの、ある日曜日《にちようび》のことだ。

そもそもの始《はじ》まりは、タツヤの友《とも》だちのリュウのさそいからだ。

リュウは、大《だい》の飛行機好《ひこうきず》き。

「お願《ねが》い。ねえタツヤ、ほんとうにお願《ねが》い。夏休《なつやす》みになっちゃうとまた飛行場《ひこうじょう》って混《こ》んじゃうんだよ。だから、今《いま》しかないでしょ。じっくり飛行機《ひこうき》をみられる時《とき》って」

リュウは、両手《りょうて》を合《あ》わせてタツヤにせまってきた。

タツヤは、飛行機《ひこうき》に限《かぎ》らず乗《の》り物《もの》には興味《きょうみ》がない。

「しょうがないなぁ……リュウは」

片方《かたほう》のほっぺただけで笑《わら》ったタツヤは、友《とも》だちのお願《ねが》いは断《ことわ》れないタイプだ。リュウにつき合《あ》って、電車《でんしゃ》を乗《の》り継《つ》いで羽田《はねだ》まで行《い》くことになった。

羽田空港国際線《はねだくうこうこくさいせん》ターミナル。

そこには、いろいろな仕事《しごと》をしている人《ひと》がいる。搭乗案内《とうじょうあんない》をする人《ひと》、荷物《にもつ》を運《はこ》ぶ人《ひと》、手《て》荷物検査《にもつけんさ》をする人《ひと》、食堂《しょくどう》の人《ひと》、売店《ばいてん》の人《ひと》、とにかくたくさんの仕事《しごと》をする人《ひと》たちであふれている。

そんな中《なか》で目立《めだ》たない仕事《しごと》をしている人《ひと》もいる。そうじのおじさんだ。ディズニーランドのお兄《にい》さんのように、ほうきとチリトリを持《も》って、踊《おど》るように華《はな》やかに楽《たの》しそうにそうじをしているわけじゃない。

そのおじさんは細長《ほそなが》い掃除機《そうじき》、ライトグレーの家庭用《かていよう》のかんたんな掃除機《そうじき》のようなものをひとつ持《も》って、ターミナル内《ない》を歩《ある》いていた。

「うひょー。やったー」

リユウは、国際線《こくさいせん》ターミナルに着《つ》くと、さっそく飛行機《ひこうき》が飛《と》び立《た》つところがみられる展《てん》望《ぼう》デッキにとんでいった。

「まったく。そんなに急《いそ》がなくてもいいでしょ」

タツヤもリユウの後《あと》をおっていき、しばらくの間《あいだ》、デッキでいろんな飛行機《ひこうき》が次《つぎ》つぎに飛《と》び立《た》つところをみた。想像《そうぞう》していたよりはずっと面白《おもしろ》かった。

飛行機《ひこうき》は、滑走路《かっそうろ》をゆっくりと助走《じょそう》してきて、白《しろ》いラインのところに来《き》たらグウィーンと角度《かくど》をつけて空《そら》に向《む》かって飛《と》び始《はじ》める。どこの国《くに》の飛行機《ひこうき》も、どこの航空会社《こうくうがいしゃ》の飛行機《ひこうき》も、みんなだいたいおなじあたりで飛《と》び立《た》つ。なんだか、陸上競技《りくじょうきょうぎ》の走《はし》り幅跳《はばと》びをみているみたいだ。

それでも、もともと飛行機《ひこうき》にあまり興味《きょうみ》がないタツヤは、二十分《にじっぷん》もみていたら飽《あ》きてしまった。

「リュウ、ぼくは中《なか》に入《はい》って、江戸小路《えどこうじ》をみてくるよ」

「わかった。もうお土産《みやげ》かうの？　ぼくは、まだまだ飛行機《ひこうき》をみてるから」

リュウは、タツヤのほうをみもしないでこたえた。背中《せなか》までもが楽《たの》しそうに笑《わら》っている。

（おんなじことの繰《く》り返《かえ》しなのに、なにがそんなにおもしろいのかねぇ）

タツヤは、ふんっと鼻《はな》からいきをはき、右手《みぎて》でドアを開《あ》けて江戸小路《えどこうじ》に足《あし》をふみいれた。

どのお店《みせ》に入《はい》ろうか決《き》めていなかったので、とりあえずベンチに座《すわ》った。

その時《とき》だ。タツヤが、そうじのおじさんをみたのは。

おじさんは羽田空港《はねだくうこう》の作業服《さぎょうふく》を着《き》て、ライトグレーの細長《ほそなが》い掃除機《そうじき》を持《も》っていた。でも、掃除機《そうじき》には電源《でんげん》コードらしきものはついていなかった。

（電池《でんち》で動《うご》く掃除機《そうじき》って……。こんな広《ひろ》いところを掃除《そうじ》するのに、すぐに電池切《でんちぎ》れにならないのかなぁ）

なんて考《かんが》えながら、タツヤは、おじさんを目《め》で追《お》っていた。

おじさんは、掃除機《そうじき》は持《も》っているけど、そうじをしている感《かん》じはしない。犬《いぬ》のかわりに、細長《ほそなが》い掃除機《そうじき》を持《も》って散歩《さんぽ》でもしているみたいだ。

（おじさん、なにやってんだ？　仕事《しごと》をサボってるのかなぁ？　音《おと》もしないし、掃除機《そうじき》の電源《でんげん》、入《はい》ってないんじゃない。ま、いっか。それより、どのお店《みせ》に入《はい》ろうかな……）

タツヤがお店《みせ》を探《さが》そうと、目《め》を左《ひだり》の方《ほう》に移《うつ》すと、大《おお》きな鉢《はち》に植《う》えてある木《き》の横《よこ》に置《お》かれたベンチに、おばあさんがひとり座《すわ》っていた。

（あのおばあさん、ひとりぽっちであんなところにいて、どうしたんだろう。迷子《まいご》になっちゃったのかなぁ）

タツヤは、みょうにさみしそうに座《すわ》っているおばあさんが気《き》になった。

おばあさんは、ガラス窓《まど》のむこうにみえる離陸《りりく》していく飛行機《ひこうき》をみつめながら、ハンカチでそっと涙《なみだ》をふいた。

そうじのおじさんは、おばあさんに近《ちか》づいていき、細長《ほそなが》い掃除機《そうじき》の吸《す》い込《こ》み口《ぐち》をおばあさんの方《ほう》に向《む》けた。

（あっ！　おばあさんが消《き》えた）

ベンチにはだれも座《すわ》っていないどころか、おばあさんのかけらもない。

（う、うそだろ。おばあさんのこと吸《す》い込《こ》んじゃったのか？）

タツヤは、おばあさんがどこかへ歩《ある》いていったのかと思《おも》い、キョロキョロとさがした。どこにもみあたらない。おばあさんだから、そんなに速《はや》く歩《ある》くとも思《おも》えなかった。

タツヤは、もう一度《いちど》フラフラと歩《ある》いているそうじのおじさんと、ライトグレーの掃除機《そうじき》をじいっとみた。

（あんなに細《ほそ》い掃除機《そうじき》に、いくら小さいおばあさんでも入《はい》るわけないか……気《き》のせい、気《き》のせい）

タツヤは、ブンブンッと頭《あたま》を左右《さゆう》にふった。

「ぎゃーっ」

とつぜん、ちいさな子《こ》の泣《な》きさけぶ声《こえ》がタツヤの耳《みみ》をつんざいた。

「ったく、耳《みみ》がこわれる」

タツヤは指《ゆび》で、グリグリとりょうほうの耳《みみ》をおさえた。

「ひゃーっ。やだやだ。これかって、これかって」

ななめ向《む》こうのお店《みせ》の入《い》り口《ぐち》あたりで、ちいさな男《おとこ》の子《こ》が舟《ふね》のおもちゃをにぎってダダをこねている。

「きょうは、おじいちゃんとおばあちゃんのお見送《みおく》りに来《き》ただけだから、なにも買《か》わないよって約束《やくそく》したでしょ」

おかあさんが、男《おとこ》の子《こ》の手《て》をひっぱった。

「うぇーん。かって、かって」

「わがままいわないの」

おかあさんは、こまっている。

まわりにいるお客《きゃく》さんたちも、いいかげんにしてという顔《かお》をしている。

そこへゆっくりと、あのライトグレーの細長《ほそなが》い掃除機《そうじき》を持《も》った、そうじのおじさんが近《ちか》づいて行《い》った。男《おとこ》の子《こ》の後《うし》ろまでくると、その子《こ》に向《む》かって、細長《ほそなが》い掃除機《そうじき》の吸《す》い込《こ》み口《ぐち》をむけた。

「あっ、また消《き》えた……」

思《おも》わずタツヤは声《こえ》にだしてしまい、あわててぱちぱちっとまばたきをした。

（なんかへんだぞ。だいいち、まわりにいる人《ひと》たちは、あのそうじのおじさんに気《き》づいてないのかなぁ。ぜったいにおかしい）

タツヤは右手《みぎて》のげんこつで、自分《じぶん》の頭《あたま》をかるくコツコツとたたいた。

「おーい。タツヤ。そんなところでなにやってんの？」

リュウが満足《まんぞく》げな顔《かお》をして、デッキからもどってきた。食《く》いしん坊《ぼう》のリュウらしく、早《はや》くも手《て》には、抹茶《まっちゃ》のソフトクリームを持《も》って。

「やっぱり飛行機《ひこうき》ってかっこいいなぁ！　タツヤもこんなところにいないで、飛行機《ひこうき》みてればよかったのに……。もう一度《いちど》、デッキに行《い》こうよ！」

リュウは、垂直尾翼《すいちょくびよく》がどうの、機体《きたい》のデザインがどうのと、こうふんしてしゃべり続《つづ》けた。

例《れい》のおじさんのことを考《かんが》えていたタツヤには、リュウのおしゃべりは耳《みみ》ざわりだ。

「うるっさいなぁ。ちょっとだまっててよ」

「えー?!　なんでだよ。せっかく飛行機《ひこうき》をみにきたのにぃ」

リュウは、どうしてタツヤがおこってるのかわからなかった。

「あ、あの。ちょっと確《たし》かめたいことがあって……」

タツヤは、口《くち》の中《なか》でもごもごいった。

「なに、それ？　空港《くうこう》にきたら飛行機《ひこうき》をみるの、あたりまえじゃん」

リュウがあまりにものん気《き》に、でもちょっとバカにしたようにいうので、タツヤは腹《はら》が立《た》った。

「あたりまえってなんだよ。なにをしても、ぼくの自由《じゆう》でしょ！」

タツヤがいい返《かえ》した時《とき》、窓《まど》の外《そと》の空《そら》を一機《いっき》の飛行機《ひこうき》が飛《と》んで行《い》った。

「ああーっ。タツヤがわけのわかんないこといってるから、一番《いちばん》みたかった飛行機《ひこうき》が離陸《りりく》するとこみられなかったじゃん」

リュウは、半《はん》べそをかいた。

「そんなの、ぼくのせいじゃないよ。リュウが勝手《かって》にさそいに来《く》るからいけないんじゃん」

すると、そうじのおじさんが近《ちか》づいてきて、タツヤの横《よこ》までくると、掃除機《そうじき》の吸《す》い込《こ》み口《ぐち》を向《む》けた。

(えっ?　なにするの)

きく間《ま》もなくタツヤは、ツルッとおそばをすするくらいのスピードで吸《す》い込《こ》まれたように感《かん》じた。

タツヤは思《おも》わずつぶってしまった目《め》をあけると、そこいらじゅうがボワッと白《しろ》い空間《くうかん》だった。かべも、ゆかも、天《てん》じょうも、どこがどこやらはっきりわからない。

(あれ?　リュウは?　どこ?)

タツヤは、濃《こ》い霧《きり》の中《なか》をふわふわと漂《ただよ》っている感《かん》じがした。

（もしかして……掃除機《そうじき》の中《なか》？　まさか……ね）

タツヤは自分《じぶん》も掃除機《そうじき》の中《なか》に吸《す》い込《こ》まれたのかと思《おも》い、ぎょっとした。

それにしても掃除機《そうじき》の中《なか》というには、ホコリっぽくないし、灰色《はいいろ》じゃないし、くさくなかった。霧《きり》のようなものがすこしうすらいできたら、向《む》こうに人影《ひとかげ》がみえた。

「あっ、さっきのおばあさん」

タツヤが口《くち》にしたとたん、タツヤの体《からだ》がおばあさんの近《ちか》くにグウィンと吸《よ》い寄《よ》せられた。

おばあさんが立《た》っていたのは、西風《にしかぜ》が強《つよ》く吹《ふ》く海辺《うみべ》だった。

「あのぉ……（ここはどこですか？）」

タツヤが声《こえ》をかけようとした時《とき》。

「おとうちゃん……」

おばあさんは海《うみ》に呼《よ》びかけると、ぽろんっと涙《なみだ》をこぼした。

「おばあさん、大丈夫《だいじょうぶ》ですか？」

タツヤは、思《おも》いきって声《こえ》をかけてみた。

「あら、あなた、どこかでみかけたような」

おばあさんは、首《くび》をかしげた。

「羽田空港《はねだくうこう》の江戸小路《えどこうじ》です」

「ああ。そうね。ここは、空港《くうこう》になっちゃったのよね」

「ここは、って?」

タツヤには、おばあさんが何《なに》をいっているのかさっぱりわからない。

「ふふっ。ここは羽田空港《はねだくうこう》のむかしの姿《すがた》よ。羽田《はねだ》はね、むかしは海《うみ》で魚《さかな》をとる漁村《ぎょそん》だったのよ」

「へぇ! 羽田《はねだ》で魚《さかな》がとれたんですか?!」

タツヤはおどろいて、大《おお》きな声《こえ》を出《だ》した。

「そう。羽田《はねだ》の漁師《りょうし》だったの、私《わたし》の父《ちち》は。おとうちゃんは、西風《にしかぜ》の強《つよ》い日《ひ》に漁《りょう》にでかけて、それっきり帰《かえ》ってこなかったの。きょうは父《ちち》の命日《めいにち》でね。空港《くうこう》になっちゃったけど、羽田《はねだ》にきてみたのよ。ベンチに座《すわ》って飛行機《ひこうき》が飛《と》び立《た》つのをぼうっとみてたら、涙《なみだ》がじわっとでてきてね。気《き》がついたら、ここにいたのよ。でも、こうしてもう一度《いちど》、羽田《はねだ》の海《うみ》をみることができてよかったわ」

おばあさんは、満足気《まんぞくげ》に笑《わら》った。

「あれ、あの子《こ》……」

舟《ふね》のおもちゃを持《も》って、ダダをこねていた男《おとこ》の子《こ》がいた。

「なあに、だれか知《し》り合《あ》い？」

おばあさんが、タツヤの肩《かた》ごしにきいた。

「いえ。あの子《こ》、さっき江戸小路《えどこうじ》で、舟《ふね》のおもちゃを買《か》ってほしいって泣《な》いてたんです」

「あら」

おばあさんは、にっこり笑《わら》って男《おとこ》の子《こ》に近《ちか》づいて行《い》った。タツヤも後《あと》について行《い》った。

「まあ、これはまたなつかしいわねぇ。ぼく。このお舟《ふね》はね、むかし、羽田《はねだ》に川《かわ》が流《なが》れていた時《とき》に使《つか》われてた『水舟《みずふね》』っていうのよ」

男《おとこ》の子《こ》は、舟《ふね》をとられるかと思《おも》って、おばあさんとタツヤをじっとにらんだ。

「水舟《みずふね》ってなんですか？」

タツヤはきいた。

おばあさんは目《め》を細《ほそ》めて、まるでそこに川《かわ》が流《なが》れているかのような顔《かお》をして、話《はな》し始《はじ》めた。

「ああ。羽田《はねだ》が空港《くうこう》になる前《まえ》のもっと前《まえ》、まだ水道《すいどう》がひかれていなかったころね、水屋《みずや》さんていう人《ひと》たちがいたの」

「水道《すいどう》がない？」

タツヤは想像《そうぞう》がつかなかった。

「ふふふふっ。考《かんが》えられないでしょう。その水屋《みずや》さんがね、この水舟《みずふね》で川《かわ》の上流《じょうりゅう》まで行《い》って、きれいな水《みず》を汲《く》んできて村《むら》の人《ひと》たちに売《う》っていたのね」

おばあさんは、楽《たの》しそうに笑《わら》って、こんどはちいさな男《おとこ》の子《こ》にむかっていった。

「すてきなお舟《ふね》ね。きっと、買《か》ってもらえるわよ」

男《おとこ》の子《こ》は、水舟《みずふね》の話《はなし》がわかったのか、わからなかったのか、両手《りょうて》で舟《ふね》を顔《かお》の高《たか》さまで持《も》ち上げて、目《め》をキラキラさせてみていた。

（ほんとうにここは、あのライトグレーの細長《ほそなが》い掃除機《そうじき》の中《なか》なのかな？　かすかにあまい

良い《い》香《かお》りがするような気《き》がする。ぽかぽかとあったかいし、なんだか気持《きも》ちいい）
タツヤの胸《むね》をやわらかな風《かぜ》がサワワっと吹《ふ》き抜《ぬ》けていったような気《き》がした。

タツヤが顔《かお》を上げると、リュウが目《め》をまん丸《まる》くして、タツヤをみている。手《て》に持《も》ったソフトクリームがちょっぴりたれかかっている。

「タ、タツヤ。今《いま》、一瞬《いっしゅん》消《き》えた……。あ、でも、まばたきを一回《いっかい》するくらいの間《あいだ》だから、ぼくの気《き》のせいかもしれないけど……」

「やっぱり……」

「なにが、やっぱりなの？」

リュウは、うたがうような目《め》でタツヤをみた。

タツヤは、江戸小路《えどこうじ》でみたことをリュウに話《はな》した。

「それで、ぼくもそうじのおじさんの掃除機《そうじき》に吸《す》い込《こ》まれたんじゃないのかなぁ。さっき、リュウにいじわるをいった時《とき》のいやな気持《きも》ちがすっかり消《き》えちゃった。たぶん、ぼくが吸《す》い込《こ》まれたっていうより、ぼくのイライラをそうじのおじさんが、あの掃除機《そうじき》で吸《す》い取《と》っ

あ。消《き》えた……

て消《け》してくれたんだね。おばあさんの悲《かな》しい気持《きも》ちとか、男の子《おとここ》のわがままとかさ」

タツヤはそれだけ話《はな》して、掃除機《そうじき》に吸《す》い込《こ》まれた世界《せかい》で、おばあさんからきいた話《はなし》は、今《いま》は内緒《ないしょ》にしておこうと思《おも》った。なんだかもったいない気《き》がしたからだ。

それでも、リュウはビックリしながらも、タツヤの話《はなし》を真剣《しんけん》にきいてくれた。

「うへぇ、すごい掃除機《そうじき》を持《も》ってるおじさんだね。心《こころ》のそうじをしてくれるのか」

リュウがたまげて目《め》を真《ま》ん丸《まる》にしていた。

「そうかもね。リュウ、うまいことというねぇ」

「そう？　あのおじさん、いったい何者《なにもの》？　まさか、魔法使《まほうつか》いとか」

リュウは、てれながら頭《あたま》をかいた。

「いや、日本《にほん》だから天狗《てんぐ》かなぁ」

「仙人《せんにん》かもしれない」

ふたりのおしゃべりなど、きこえないのか、そうじのおじさんは、なにごともなかったかのように、歩《ある》いて行《い》った。細長《ほそなが》いライトグレーの掃除機《そうじき》を片手《かたて》に、散歩《さんぽ》の続《つづ》きでもするみたいに……。

「まぁなんでもいいや。きょうは、羽田《はねだ》にきてほんとうによかったよ。ありがとう、リュウ。もう一度《いちど》、デッキに行《い》って飛行機《ひこうき》をみよう！」

「オッケー！　そうこなくっちゃ」

ふたりは、デッキにむかって走《はし》って行《い》った。


あ。消《き》えた……

# 「あっぱれ、小松《こまつ》！」

橋本《はしもと》たかね　作《さく》・絵《え》

ここは、エドッコ湾《わん》。

大小《だいしょう》の船《ふね》が朝《あさ》も昼《ひる》も夜《よる》も絶《た》えず、出《で》たり入《はい》ったりをくり返《かえ》していた。

こんな騒《さわ》がしくて、油臭《あぶらくさ》いところから、ずっと離《はな》れた、湾《わん》の端《はし》っこに、人間《にんげん》は立《た》ち入《い》り禁止《きんし》で寄《よ》りつけない浜辺《はまべ》があった。

シュワワー、シュワワーと、白《しろ》く泡立《あわだ》つ波《なみ》がころがる砂浜《すなはま》や、ザッザーンと、しぶきをあげて波《なみ》が岩《いわ》を打《う》ちつける磯《いそ》がある。

こんな潮《しお》の香《かお》りが満《み》ちた浜《はま》には、たくさんの磯《いそ》モノたちが暮《く》らしていた。

マハゼの小松《こまつ》が朝《あさ》めしをすませ、海草《かいそう》のあいだから岩《いわ》の上《うえ》に飛《と》び乗《の》った。小松《こまつ》の一日《いちにち》は、岩《いわ》の上《うえ》で空《そら》を見上《みあ》げることからはじまる。

「いいねえー、青空《あおぞら》に飛《と》び出《だ》すヒコーキって、サイコーだねえ」

横《よこ》の砂地《すなち》の穴《あな》から、シャコのテツが顔《かお》を出《だ》し、小松《こまつ》に声《こえ》をかけた。

小松《こまつ》とテツはこの浜《はま》で生《う》まれ育《そだ》った。

砂地《すなち》の集合住宅《しゅうごうじゅうたく》に住《す》んでいる、幼《おさな》なじみだから、テツは小松《こまつ》が空《そら》にあこがれていることを知《し》っていた。

「一度《いちど》でいいから、この浜《はま》を空《そら》から見《み》てみたいなあ〜」

小松《こまつ》はまた空《そら》を見上《みあ》げて、つぶやいた。


小松《こまつ》が暮《く》らしている砂地《すなち》の集合住宅《しゅうごうじゅうたく》は、シャコのテツのほかに、ヒトデの四姉妹《よんしまい》、ハマグリ一家《いっか》やアサリ一家《いっか》で、ほぼ満室状態《まんしつじょうたい》になっていた。ハマグリ一家《いっか》やアサリ一家《いっか》は、ほとんど部屋《へや》から出《で》てこない。もの音《おと》ひとつもたてないほど、静《しず》かな住人《じゅうにん》だった。

この浜《はま》では、天敵《てんてき》の海鳥《うみどり》たちが襲《おそ》ってこないという約束《やくそく》のおかげで、浜《はま》の住人《じゅうにん》たちは、のどかで平和《へいわ》な毎日《まいにち》をおくっていた。

そんなある日《ひ》の午後《ごご》だった。

「たいへんだーっ！　海鳥《うみどり》の群《む》れがこっちにやってくるぞ！」

岸壁《がんぺき》の上《うえ》から、イソガニたちが泡《あわ》をブクブクふきながら、バラバラと転《ころ》がり落《お》ちてきた。

「あわてるな！　いきなり襲《おそ》いかかって来《く》ることはしない、そういう約束《やくそく》なんだ」

小松《こまつ》が空《そら》を見上《みあ》げると、たくさんの海鳥《うみどり》たちが、円《えん》を描《えが》きながらゆっくりと下《お》りてきた。

静《しず》かだった浜辺《はまべ》が、海鳥《うみどり》のギャーギャーという声《こえ》で嵐《あらし》のようになった。その中《なか》の、灰色《はいいろ》でひときわ大《おお》きな鳥《とり》が、くちばしをカツカツならしながら、近《ちか》づいてきた。

「うまそうなごちそうがドッサリいる、いい浜《はま》だねえ」

見《み》たことがない大《おお》きな鳥《とり》が、長《なが》いくちばしを光《ひか》らせた。

「はじめまして。私《わたし》が新《あたら》しくボスになった、ピエールだ。この浜《はま》と、おまえたちは、新《あたら》しくこの私《わたし》と約束《やくそく》をしなければならない。いっておくが、私《わたし》は前《まえ》のボスのように、優《やさ》しくない。私《わたし》たちのごちそうになりたくなかったら、私《わたし》をアッと驚《おどろ》かすような、ワンダフルなことをやってもらいたい！　さあ、どうする、空《そら》でも飛《と》ぶか？」

ピエールが意地悪《いじわる》くいうと、小松《こまつ》の背《せ》びれがビクッとふるえた。

「……飛《と》んでやるよ！　ここはおまえたちのエサ場《ば》には、させねえ！　この小松《こまつ》が、空《そら》を飛《と》んでみせてやる！」

小松《こまつ》の言葉《ことば》に、みんなが息《いき》をのんだ。

次《つぎ》の瞬間《しゅんかん》、海鳥《うみどり》たちは腹《はら》をかかえて、転《ころ》がりながら笑《わら》い出《だ》した。

「オッケー。いいだろう小松《こまつ》さん、その様子《ようす》だと、すぐに飛《と》ぶのは難《むずか》しいだろう……つばさもないことだし……クック……一週間《いっしゅうかん》の準備期間《じゅんびきかん》をさしあげよう。とにかく、私《わたし》をアッといわせるような、ワンダフルな飛《と》び方《かた》を見《み》せてくれ……ククックク」

ピエールはがまん出来《でき》ずに笑《わら》い、ほかの海鳥《うみどり》たちとわざとらしくはばたきながら、空《そら》へ飛《と》んでいくと、浜辺《はまべ》はいつも以上《いじょう》に静《しず》かになった。

「おい、おい、小松《こまつ》！　空飛《そらと》ぶなんていいやがってえ、どうするんだよ！」

テツが泣《な》きそうな声《こえ》で小松《こまつ》の肩《かた》をゆすった。

「おれはやる、おれたちにだって、空《そら》を飛《と》ぶ方法《ほうほう》があるんだ！　これからちょっと、必要《ひつよう》な仲間《なかま》を集《あつ》めてくるから、テツは長《なが》くて丈夫《じょうぶ》な海草《かいそう》をたくさん用意《ようい》しておいてくれ！」

そういうと、小松《こまつ》は波《なみ》の中《なか》に飛《と》び込《こ》んでいった。

テツがブツブツいいながら、ヒトデの四姉妹《よんしまい》と集《あつ》めた海草《かいそう》の砂《すな》をはらっていると、小松《こまつ》がもどって来《き》た。

「いいかいみんな、この浜辺《はまべ》を守《まも》るために、おれたちは空《そら》を飛《と》ばなくちゃならない。きょうから一週間《いっしゅうかん》で準備《じゅんび》して、あのピエールをアッといわせてやろう！」

こうして、小《ちい》さな浜辺《はまべ》の磯《いそ》モノたちの、大《おお》きな挑戦《ちょうせん》がはじまった。

日《ひ》が沈《しず》みかけたころ、一羽《いちわ》のカモメが小松《こまつ》のそばに舞《ま》い下《お》りた。

「小松《こまつ》さん、ごめんよ。父《とう》さんが台風《たいふう》で行方不明《ゆくえふめい》になってしまったんだ。それより、ピエールたちに空《そら》を飛《と》ぶって約束《やくそく》したって、だいじょうぶなの？」

このカモメは、以前《いぜん》、サメに襲《おそ》われているところを小松《こまつ》たちに助《たす》けられた、マルコだった。マルコの父親《ちちおや》は海鳥《うみどり》のボスで、息子《むすこ》をたすけてくれたお礼《れい》にと、この浜《はま》を海鳥《うみどり》たちに襲《おそ》わせない約束《やくそく》をしてくれたのだった。

「ボスが代《か》わっちゃ、しかたがないよ……だけど、おれは飛《と》んでみたいんだよ。そして、あいつらをあっといわせてやりたいんだ！」

「あっぱれ、小松《こまつ》！」

次《つぎ》の朝《あさ》、小松《こまつ》の呼《よ》びかけで、七匹《ななひき》のフグがやってきた。砂浜《すなはま》には、シャコのテツとヒトデの四姉妹《よんしまい》やイソガニたちが集《あつ》まっていた。

小松《こまつ》は今回《こんかい》の飛行計画《ひこうけいかく》について、説明《せつめい》した。

「風船《ふうせん》って知《し》ってるかい？　ときどきこの浜《はま》の上《うえ》をフワフワと飛《と》んでいる、丸《まる》いやつだ。おれはあの風船《ふうせん》をたくさん作《つく》って、それで空《そら》を飛《と》ぼうと思《おも》う」

「ちょっと待《ま》った！　風船《ふうせん》なんかどこにあるんだよ」

テツが飛《と》び出《で》た目《め》をクルクル回《まわ》した。

「そこで、ここに集《あつ》まってくれたフグさんたちに、プウッとふくれてもらうのさ。七《なな》つもふくらめば、風《かぜ》にのってフワーっと飛《と》べるってわけだ！」

小松《こまつ》は自慢《じまん》げに鼻《はな》をふくらませたが、ほかのみんなは、ポカンとしていた。あわてて小《こ》松《まつ》は、砂《すな》に絵《え》をかきながら、手順《てじゅん》を説明《せつめい》した。

ようやく、小松《こまつ》の計画《けいかく》を理解《りかい》したテツが、せっせと役割《やくわり》を分担《ぶんたん》し始《はじ》めた。

ヒトデの四姉妹《よんしまい》が器用《きよう》に、海草《かいそう》のロープをフグたちの尾《お》ひれに結《むす》びつけた。

「いいかい、フグのみなさん、おれの号令《ごうれい》でいっきにふくらむんだ！　きょうは、どのくらいみんながふくらむかを試《ため》すから、思《おも》いっきりやってくれ。いち、にい、さん、それー！」

小松《こまつ》の号令《ごうれい》で、フグたちは口《くち》を丸《まる》くとがらせて、空気《くうき》をいっきに吸《す》いこんだ。

みるみるうちに、細長《ほそなが》かった体《からだ》が丸《まる》く、パンパンになった。

「いいぞー、その調子《ちょうし》だ。まだまだ、いける！」

小松《こまつ》とテツは、胸《むね》のなかがワクワクした……と、そのとき、プシュー、パン、パン！

三匹《さんびき》のフグ風船《ふうせん》が割《わ》れたり、空気《くうき》もれをおこした。

「なんだ、なんだ、どうした？」

小松《こまつ》がフグたちの間《あいだ》に入《はい》ってみると、しぼんだフグの真《ま》ん中《なか》に、トゲトゲの丸《まる》いものが転《ころ》がっていた。

「あああー、こいつはただのフグじゃない！　なんてこった、ハリセンボンだあー」

なんと、フグたちに混《ま》じって、ハリセンボンが、トゲトゲの体《からだ》を思《おも》いきりふくらませたため、そのトゲがまわりのフグにささってしまったのだ。

「しょうがねえな、こんなこともあると思《おも》って、準備《じゅんび》しておいたよ。おーい、こっちだ、こっち！」

テツが、アサリの救急隊《きゅうきゅうたい》を呼《よ》んできた。

「こんなけがには、アサリのだんなたちが、傷口《きずぐち》をキュッとはさんでくれりゃあ、五分《ごふん》もすれば、治《なお》っちまうのさ」

ハリセンボンは、すまん、すまんと帰《かえ》っていった。

この日《ひ》はフグたちが、けがと疲《つか》れでまいってしまったので、解散《かいさん》となった。

次《つぎ》の日《ひ》は、朝《あさ》から雨《あめ》が降《ふ》り、波《なみ》が荒《あ》れてしまったので、フグたちは来《こ》なかった。

小松《こまつ》は部屋《へや》の中《なか》で、自分《じぶん》が乗《の》るコックピットの設計図《せっけいず》を書《か》いていた。

「いっきに空《そら》へ上《あ》がれば、おれもフグさんたちも、干《ひ》からびることはない。それには、なるべく軽《かる》いコックピットにしなきゃ、だめだな……」

材料《ざいりょう》は何《なに》がいいか、少《すこ》しは海水《かいすい》を入《い》れたほうがいいか、ブツブツいいながら、時間《じかん》が過《す》ぎていった。

雨《あめ》は、どんどん強《つよ》くなり、三日間《みっかかん》も、海《うみ》は荒《あ》れ続《つづ》けた。

ピエールとの期限《きげん》がせまって来《き》た。空《そら》はどんよりとしているが、海《うみ》は静《しず》かになった。

きょうは小松《こまつ》が考《かんが》えたコックピットを作《つく》っていた。

「浜《はま》に流《なが》れ着《つ》いた、ペットボトルを切《き》って、ロープで四《よん》ヵ所《しょ》、しっかりと結《むす》びつけてくれ」

ヒトデの四姉妹《よんしまい》とイソガニたちが、むすんだり切《き》ったりと、仕事《しごと》は順調《じゅんちょう》に進《すす》んでいった。

フグたちがやってきて、ふくらんだりしぼんだりを、くり返《かえ》し練習《れんしゅう》した。

小松《こまつ》はみんなに、明日《あした》の朝一番《あさいちばん》で、試運転《しうんてん》をすると伝《つた》えた。

このあたりの浜《はま》は、日《ひ》の出《で》すぐの朝一番《あさいちばん》に、海《うみ》からいい風《かぜ》がかけ上《あ》がってくる。

これを利用《りよう》して、浮《う》き上《あ》がる作戦《さくせん》だ。

「準備《じゅんび》はいいかい。おれの号令《ごうれい》で、いっきにふくらんでくれ！　そして、最後《さいご》の合図《あいず》があるまでは、テツとヒトデたちで、しっかり押《お》さえてくれよ！」

小さな岩《いわ》の上《うえ》から、小松《こまつ》が風《かぜ》を待《ま》っていた。

その時《とき》、空《そら》が黒《くろ》くなり、ギャーギャーと騒《さわ》がしく海鳥《うみどり》たちが舞《ま》い降《お》りてきた。

「やあ、みなさん、おそろいですね。それではワンダフルな、空飛《そらと》ぶショーを見《み》せていただこう」

うす笑《わら》いをうかべながら、ピエールが小松《こまつ》のそばにやってきた。

「ちょっと待《ま》て！　期限《きげん》はあしただろ！」

小松《こまつ》とテツが、ピエールにつめよった。

「いや、きょうですよ。私《わたし》たちがここで空飛《そらと》ぶショーの約束《やくそく》をしてから、きょうが一週間《いっしゅうかん》目《め》の日《ひ》です！　クックク」

ピエールが、こらえきれずに笑《わら》い出《だ》した。

「まずいぞ小松《こまつ》、あいつらおれたちをあわてさせるために、わざと一日《いちにち》ごまかして来《き》たんだぜ！」

テツが小松《こまつ》にささやいた。

小松《こまつ》の心臓《しんぞう》は、怒《いか》りと不安《ふあん》でバクンバクンと、大《おお》きく鳴《な》った。

フウッと深《ふか》く深呼吸《しんこきゅう》をすると、

「やろう、どうせあしたはいい天気《てんき》になるとは限《かぎ》らない。きょうは絶好《ぜっこう》の飛行日和《ひこうびより》だ！」

小松《こまつ》は、不安《ふあん》そうに青《あお》ざめている仲間《なかま》たちに大きくうなずくと、テツに合図《あいず》をした。

「おれはみんなを信《しん》じている。だから、みんなも、おれを信《しん》じてくれ。きっと、うまくいく。さあ、はじめよう！」

テツはみんなをそれぞれの持《も》ち場《ば》につかせ、小松《こまつ》に手《て》を振《ふ》った。

「いち、に、さん！」

小松《こまつ》がコックピットに入《はい》って、号令《ごうれい》をかけると、いっせいにフグたちがふくらみはじめた。それをテツとヒトデの四姉妹《よんしまい》が、力《ちから》いっぱい押《お》さえた。

小松《こまつ》は騒《さわ》がしい海鳥《うみどり》たちが静《しず》まるのを待《ま》った。そして、風《かぜ》を待《ま》った。

緊張感《きんちょうかん》が、ここにいるすべてのものを包《つつ》みこんだ。昇《のぼ》ったばかりの日《ひ》の光《ひかり》が、水平線《すいへいせん》から海《うみ》の上《うえ》をつたい、小松《こまつ》たちをオレンジ色《いろ》に染《そ》めた。と同時《どうじ》に、海面《かいめん》が波立《なみだ》ち、風《かぜ》がきた。

「今《いま》だ！　はなせーっ！」

思《おも》いっきり、小松《こまつ》がさけんだ。

テツとヒトデの四姉妹《よんしまい》が、転《ころ》がるようにその場《ば》をはなれると、フグたちがつぎつぎに浮《う》き上《あ》がっていった。

「それっ、ヒレではばたけ！」

フグたちは、小《ちい》さなヒレをブーンと音《おと》がするほど力強《ちからづよ》く動《うご》かし、風《かぜ》に乗《の》っていくと、ついに、小松《こまつ》の乗《の》ったペットボトルのコックピットが浮《う》き上《あ》がった。

ウワアアア――――！

浜《はま》の仲間《なかま》と海鳥《うみどり》たちもいっしょに、大《おお》きな歓声《かんせい》をあげた。

ピエールの頭《あたま》の上《うえ》を、オレンジ色《いろ》の朝日《あさひ》に輝《かがや》くフグ風船《ふうせん》が、小松《こまつ》を乗《の》せて、フワリ、フワリと空《そら》を目指《めざ》して飛《と》んでいた。

どのくらい飛《と》んだだろう……。ふくらんでいるフグの口《くち》が、苦《くる》しさでふるえ出《だ》した。

「あっぱれ、小松《こまつ》！」

フグたちは必死《ひっし》でふくらみ続《つづ》けようとしていたが、ヒレをめいっぱい動《うご》かしているうちに、力《ちから》の限界《げんかい》を超《こ》えてしまっていた。

「しっかりしてくれ、もう少《すこ》しだ、もう少《すこ》し上《うえ》を飛《と》ぼう！」

小松《こまつ》の声《こえ》に、しぼみかけたからだに、空気《くうき》を吸《す》いこもうと、フグたちは息《いき》もきれぎれに、もがいていた。

「あああー、お、落《お》ちるぞーっ！」

テツがさけんだ。

その瞬間《しゅんかん》、ヒューっと息《いき》が抜《ぬ》け、小松《こまつ》を乗《の》せたまま、クルクル回転《かいてん》しながら、フグ風船《ふうせん》は海《うみ》に落《お》ちていった。

「クックク……アッハハハハハー」

ピエールが、腹《はら》をかかえて大笑《おおわら》いした。

「あーおかしい、この私《わたし》をびっくりさせるどころか、大笑《おおわら》いさせるなんて、あーおかしい！」

おおげさに笑《わら》っているピエールのもとへ、テツが小松《こまつ》を海《うみ》から助《たす》け出《だ》してきた。

「あっぱれ、小松《こまつ》！」


「笑《わら》いたけりゃ、笑《わら》えばいいさ、小松《こまつ》たちはよくやったよ……なあ、小松《こまつ》」

テツの飛《と》び出《だ》した大《おお》きな目《め》から、滝《たき》のように涙《なみだ》が流《なが》れていた。

「すまない……おれの力不足《ちからぶそく》だった……フグさんたちに、悪《わる》いことしちゃったな……」

小松《こまつ》の目《め》にも、涙《なみだ》があふれていた。

「それじゃあ、私《わたし》との約束《やくそく》は、果《は》たせなかったということで、この浜《はま》は、私《わたし》たちのものですね……えっ？」

ピエールが海鳥《うみどり》たちに振《ふ》り向《む》いたその時《とき》、ペッペッペッと、仲間《なかま》だったはずのほかの海《うみ》鳥《どり》たちが、ピエールに向《む》かって、つばを吐《は》きかけた。

「飛《と》んだよ。小松《こまつ》さんたちは、ちゃんと飛《と》んださ！」

海鳥《うみどり》たちは、じりじりとピエールにせまって行《い》った。

「もうピエールなんて、ボスじゃない！　ウソつきで、いじわるなボスはいらないんだ。出《で》て行《い》けー」

ついにピエールは、仲間《なかま》につつかれて、ボロボロになりながら、逃《に》げ去《さ》った。

「小松《こまつ》さん、やっぱりあなたたちのチームワークは、素晴《すば》らしいです。私《わたし》たちもそうなりたい。これからも、この浜《はま》は小松《こまつ》さんたちのものです。」

以前《いぜん》、小松《こまつ》にたすけられたマルコが、胸《むね》を張《は》っていった。そして、海鳥《うみどり》たちはマルコを先頭《せんとう》にして、空《そら》の向《む》こうへ帰《かえ》っていった。

磯《いそ》モノたちはいっせいに、わあっと喜《よろこ》びの声《こえ》をあげた。

そのなかで、ぼーっと立《た》ちすくんでいる小松《こまつ》にむかって、テツは両手《りょうて》を大《おお》きく振《ふ》りあげて、さけんだ。

「まったく、あんたは見事《みごと》に飛《と》んだよ。あっぱれ、小松《こまつ》！」

小松《こまつ》は、大《おお》きな目《め》をうるませて、澄《す》んだ青空《あおぞら》を見上《みあ》げた。

おしまい

# ジャンケンポン仮面《かめん》、ケンザン！

かとうけいこ　作《さく》
岩崎《いわさき》陽子《ようこ》　絵《え》

「マルオ、今《いま》、あと出《だ》ししただろ」

うっ、ばれてしまった。

ぼくは少《すこ》しずらして、チョキで勝《か》ったとおもったのに。

「じゃあ、おまえのトカゲマンゴールドはおれのものだな。それから、ズルをしたオワビの分《ぶん》、もう一まいシルバー、あれよこせ」

「ええ……」

「もんくあるか、おまえが、せこくあと出《だ》しなんかするのが悪《わる》いんだぞ！」

シルバーまでもっていかれたら、カードゲームができなくなっちゃう……と、ぐずぐずしていると、ツヨシは、思《おも》いっきりぼくをつきとばした。

そしてぼくのうわぎのポケットから、トカゲマンシルバーをサッサとぬきとっていった。

「マルオ、明日《あした》から一週間《いっしゅうかん》、『ぼくはバツオです』という名札《なふだ》をつけて学校《がっこう》にこい。それができたらシルバーだけはかえしてやるぞ」

その日《ひ》、うちにかえってから、ぼくは六時《ろくじ》になってもテレビの前《まえ》にすわらなかった。

郵便はがき

恐れいりますが
切手をお貼りください

248-0005

神奈川県鎌倉市雪ノ下3-8-33

㈱ 銀の鈴社

『扉をあけると。Ⅱ』

担当 行

下記個人情報につきましては、お客様のご意見・ご要望への回答ならびに銀の鈴社書籍・サービス向上のために活用させていただきます。なお、頂きました情報につきましては、個人情報保護法に基づく弊社プライバシーポリシーを遵守のうえ、厳重にお取り扱い致します。

| | |
|---|---|
| ふりがな<br>お名前<br>（男・女） | お誕生日<br>年　月　日 |
| ご住所 （〒　　　　　） TEL | |
| E-mail | |

☆ **この本をどうしてお知りになりましたか？**（□に✓をしてください）

□ 書店で　□ ネットで　□ 新聞、雑誌で（掲載誌名：　　　　　　）

□ 知人から　□ 著者から　□ その他（　　　　　　）

**★ Amazonでご購入のお客様へ　おねがい★**

本書レビューをお願いいたします。

読み終わった今の新鮮な気持ちが多くの人たちに伝わりますように。

## ご愛読いただきまして、ありがとうございます

今後の参考と出版の励みとさせていただきます。
（著者へも転送します）

◆ 本書へのご意見・ご感想をお聞かせください

◆ 著者：紙ひこうきのみなさんへのメッセージをお願いいたします

※お寄せいただいたご感想はお名前を伏せて本のカタログやホームページ上で使わせていただくことがございます。予めご了承ください。

▼ご希望に✓してください。資料をお送りいたします。▼

☐本のカタログ ☐野の花アートカタログ ☐個人出版 ☐ 詩・絵画作品の応募要項

そんなぼくを見《み》て、じいちゃんがいった。

「マル、トカゲマンの日《ひ》じゃないのか。見《み》ないのか？」

「あ、見《み》たいけど、宿題《しゅくだい》が山《やま》ほどあるんだよ。じいちゃんニュース見《み》ていいよ」

ぼくはつくえにむかっても、宿題《しゅくだい》をはじめる気《き》には、なれなかった。『ぼくはバツオです』なんてぜったいいつける気《き》ないし。シルバーは、かえしてもらわないとなぁ。

いつも玄関《げんかん》にいて、とびつこうとする犬《いぬ》のサクラまで、ぼくの顔色《かおいろ》をみてか、「クーン」と、さびしそうに鼻《はな》をならすだけ。よってきてもくれず、顔《かお》をむこうにむけて、こそこそとはらばいになった。


つぎの日《ひ》、ぼくはツヨシのいったことを、むりやり気《き》にしないことにした。四年一組《よねんいちくみ》の教室《きょうしつ》にはいったとたん、

「バツオくん、名札《なふだ》はどうしたのかな」

おもったとおり、ツヨシのひとことがなげつけられた。

つぎのしゅんかん、クラス中《じゅう》が、ぼくのほうを見《み》て、にやにや、ぼそぼそ。ゆびさしながら、かげぐちをささやいている。黒板《こくばん》に、イラストつきの、らくがきがあった。

アキトくんが、かたをたたき、ゆびさしておしえてくれた。

チョキをだしている、ぼくらしきザリガニがいた。わらっちゃうけど、ツヨシはヒーロー気《き》どりで、トカゲマンになっていた。

チョキにむかって、黄色《きいろ》いチョークで矢印《やじるし》がひっぱってあって、あ・と・だ・し　と、目立《めだ》たせてある。

「バツオ、あやまる気《き》がないんだな！」

「あとだしだったけど、それってけっきょく負《ま》けと同《おな》じだし、ゴールドあげたでしょ。おまけにシルバーまでとられたんだから、これいじょうはあやまらないよっ……」

ツヨシのにぎりこぶしがぎゅっと音《おと》を立《た》てた。

アキトくんだけは、しんぱいそうにぼくのそばにいてくれた。

あとのみんなは、ツヨシのはく力《りょく》にひきずられているだけ。

しらんぷりで、ぼくがやられるのを「しかたないよね」とかいって見《み》てるだけだし。

おもったとおり、ツヨシには、力《ちから》ではかなわなかった。

ぼくはなぐられた。

気《き》がついたら、ぼくは保健室《ほけんしつ》のベッドでねていた。

しばらくして、入《い》り口《ぐち》のドアがあいて、じいちゃんが、先生《せんせい》にあいさつをしてくれている。

「マル、帰《かえ》るぞ。さっき担任《たんにん》の先生《せんせい》には、あいさつしてきたからな。おぶってやろうか」

じいちゃんは、まじめな顔《かお》で、せなかを見《み》せながらしゃがんでくれた。

「だいじょうぶ、歩《ある》けるから」

「そうか、サクラも心配《しんぱい》して、ついてきたんだぞ」

「え、サクラまで……」

母《かあ》さんは、ゆうびんきょくのパートにいっている。

ぼくが小学生《しょうがくせい》になったときから、じいちゃんが、いつもぼくのそばにいてくれる。

しょうこう口《ぐち》のところで、つながれていたサクラが、とびはねて、わんわんと出《で》むかえてくれた。

くちびるがきれただけだったけど、ガーゼをあてているので、顔《かお》をくっつけてだきしめられなかった。

心《こころ》は、とっくにもとどおりになっていた。

教室《きょうしつ》のまどから、ツヨシがぼくとじいちゃんとサクラを、にらんでいたらしい。

あとからアキトくんがおしえてくれた。

じいちゃんは、トラブルの原因《げんいん》をぼくにきいた。

「あとだしか、そりゃぁ、ツヨシくんがおこるのはむりもないな。あとだしするなら負《ま》けなけりゃいかん。ジャンケンはな、そういうもんだ。人《ひと》の心《こころ》を、平和《へいわ》にするためにあるんだぞ」

「うそだあ、勝負《しょうぶ》じゃないか」

ぼくがむかっとしたら、きずがずきんといたんだ。

「うそなもんか。じゃあ、ためすぞ」

じいちゃんは、ジャンケンしようといいはじめた。

ぼくは、気《き》がすすまなかった。

「マル、じいちゃんに三回《さんかい》つづけて勝《か》ったら、もっといいことおしえてやるよ」

「ええっ、三回《さんかい》もつづけて？」

ぼくは、じいちゃんのいきおいにおされ、しかたなく、ためしてみることにした。

すると、じいちゃんはさらに、へんなことをいうんだ。

「じいちゃんにはな、ジャンケンするときにくせがあるんじゃ。それを一回目《いっかいめ》に見《み》ぬければ、まちがいなく三回勝《さんかいか》てるよ」

ぼくは、わけがわからなくなった。

「それ、いくぞ。さいしょはグーだったな」

うなずくとぼくはグーを見《み》せた。

「ジャンケンポン！」

じいちゃんは、パーを出《だ》した。

ぼくは、チョキでぐうぜん勝《か》てた。

「お、いいかんしてるな、この勝《か》ちを生《い》かすんだぞ」

じいちゃんのくせは、パーをだしてしまうことらしい。

あっさりと、三回続《さんかいつづ》けて勝《か》てた。

「どうしてさいしょぼくがチョキを出《だ》すってわかったの。じいちゃん、負《ま》けるってわかってたのにへいきなの」

「ふふふ、いっただろ、ジャンケンは勝《か》っても負《ま》けても、あとぐされなしだ」

「あれ、ほんとだ。どうして？」

じいちゃんはにこにこと、ぼくをみつめながら、つづけた。

「じいちゃんはな、子《こ》どものころ、ジャンケンポン仮面《かめん》にあったことがある」

「ジャンケンポンかめん？　……仮面《かめん》？　だっせー」

ぼくは、いくらこどもでも、そんなヒーローがいるわけないとおもった。

「ださくはないぞ、いろいろなわざをおしえてもらったことがあるんだ。今《いま》のは、そのきほんだ。この世《よ》の中《なか》のトラブルはたいてい、ジャンケンでかいけつできるんだよ」

ぼくは、じいちゃんのはなしをきくのに、あきてきてしまった。

さっさとジャンケンのはなしを、おわりにしたかった。

あとになってから、このとき、もうすこし、きいておけばよかった。と、こうかいしたんだけど。

「じいちゃん、はげまそうとしてくれたんでしょ。ありがと。おむかえもジャンケンのはなしも。ぼく、もうずるなんかしないよ」

その日《ひ》の夕《ゆう》がた、ツヨシがおかあさんといっしょにわざわざ、あやまりにきた。りんごジュースといっしょに、トカゲマンゴールドとシルバーの二《に》まいとも、かえしてくれようとした。でも、ぼくは、

「あとだしは、じゃんけんのルールいはんだからまけだよね。ごめんね。シルバーだけ、かえしてもらうよ。またゲームやろうね」

ゴールドは、ツヨシの手《て》にのせた。

いつのまにか、じいちゃんがぼくのうしろにたっていた。

「ツヨシくんかね。きみはいい目《め》をしているね」

ツヨシがきょとんとして、じいちゃんを見《み》た。

「マルオのあとだしを見《み》ぬくとは、たいしたもんじゃ。こんど、ジャンケンポン仮面《かめん》のわざをでんじゅしたいなあ」

ぼくは、はずかしくなった。じいちゃんのせなかを、いそいでおして、あっちへいってもらった。

サクラは、うれしそうにしっぽをふり、ツヨシにだかれていた。

二日《ふつか》ぶりに学校《がっこう》へ行《い》くと、アキトくんがにっこりえがおで、ちかよってきてくれた。クラスのみんなも、

「もうだいじょうぶなの?」

と声《こえ》をかけてくれた。

ツヨシも、むこうのほうから、手《て》をあげてわらってくれた。

しかも大《おお》ごえで、

「マルオ、こんどおまえのじいちゃんとあそびたいな。ジャンケンポン仮面《かめん》おもしろそうじゃん。サクラもかわいいしな」

とさけんだのだ。

クラス中《じゅう》が、

「ジャンケンポン仮面《かめん》ってなに？」

と、ささやきだした。

アキトくんは、

「ツヨシくんには気《き》をつけたほうがいいよ」

ツヨシが外《そと》へ出《で》ていったあと、ぼそっとぼくにつたえた。

「どうして？」

「あんなめにあったのに、ほんとになかなおりできちゃったの？　あの日早退《ひそうたい》するマルオくんを、すごい目《め》でにらんでいたよ」

「ああ、トカゲマンカードゲームのことで、もめたからね。男《おとこ》どうしの勝負《しょうぶ》だもん、けんかだってするんだよ」

アキトくんは、ふまんそうに口《くち》をとがらせて、ちいさくうなずいた。

「ぼくもこんどなかまにいれてよ。でも、ツヨシくんはこわいから……」

「ツヨシ、そんなにいじわるなやつじゃないよ。このまえは、ぼくがずるしたからおこったんだよ。ちょっとすごすぎたけどね」

「そうかなあ、だけどぼくは、ツヨシくんよりマルオくんとあそびたいんだ」

「うんいいよ、こんどカードもってこいよ。やりとりなしなら、いくらでもあそべるよ。しんけん勝負《しょうぶ》は、とうぶんの間《あいだ》、やらないことにしたんだ。先生《せんせい》にもしかられちゃったし」

つぎの日《ひ》、アキトくんがうちにやってきた。

サクラがよろこんでいたっけ。

サクラは、一度会《いちどあ》った人《ひと》をうたがうことをしらない。

だから、番犬《ばんけん》にはなれない。

心《こころ》からなついてしまうおひとよしだ。

アキトくんは、そんなサクラが、かわいいんだろうな。

カードゲームより、サクラとすごすほうが楽《たの》しそうだった。

おじいちゃんがそばにきて、こえをかけた。

「おともだちかい」

「うん、アキトくんだよ」

「おじゃましてます」

ぺこりと、アキトくんはおじぎした。

「れいぎ正《ただ》しい子《こ》じゃのう。そうだ、ジャンケンポン仮面《かめん》のわざをおしえてやろうか」

と、ぼくとアキトくんにいった。

「ジャンケンポン仮面《かめん》？」

アキトくんは、ツヨシのひとことをおぼえていて、きょうみをもったみたいだ。

「じいちゃん、あとでいいよ。きょう、アキトくんはカードゲームをしにきたんだから」

「そうか、じゃあ、しりたくなったらこえをかけてくれ」

じいちゃんは、ちょっとがっかりして、いっちゃった。

「マルオくん、ジャンケンポン仮面《かめん》のわざ、しりたいなぁ」

サクラをなでながら、アキトくんはざんねんそうにしていた。

「ああ、ぼくがこのまえ、あとだしなんかで勝《か》とうとしたから。ツヨシとけんかしたあとのおせっきょうのはなしさ」

「そうなのか」

もっと、ききたそうだった。

アキトくんは、けっきょく二回《にかい》カードゲームをしただけ。

あとはサクラとじゃれあって、かえっていった。


それから三日《みっか》たって、じけんはおきた。

ぼくが学校《がっこう》からかえってみると、サクラが消《き》えていた。

玄関《げんかん》わきから、だれかにつれさられたのか。いなくなっていた。

じいちゃんが、責任《せきにん》を感《かん》じてしょげている。だれも、じいちゃんをせめてないのに、

「じぶんが、るすばんで家《いえ》にいるのに、気《き》づかなかった……」

と、うつむいたたまま。小《ちい》さくなっている。

ぼくもがっかりしたけど、かしこいしば犬《いぬ》サクラがほえなかったのは、顔見知《かおみし》りのしわざだとわかる。

きっとサクラは、もどってくるさ。

近所《きんじょ》の電柱《でんちゅう》や、どうぶつ病院《びょういん》にサクラのまよい犬《いぬ》のポスターをはった。

二日《ふつか》たって、気《き》づいたら、ポストにこうこくの活字《かつじ》をきりばりした、手紙《てがみ》がはいっていた。

ジ・ャ・ン・ケ・ン・ポ・ン・カ・メ・ン・の・わ・ざ・を・お・し・え・な・け・れ・ば・サ・ク・ラ・は・か・え・ら・な・い・と・お・も・え

「じ、じいちゃん、こんなてがみがポストにはいってたよ」

ぼくは、いそいでじいちゃんのへやにもっていった。

じいちゃんは、へやにはいなかった。

正《ただ》しくは、いつものじいちゃんは、いないっていうことなのかもしれない。

赤青黄《あかあおき》のストライプマント。

黒《くろ》ジャージーの上下。

大《おお》きなサングラスのふちに、グーチョキパーのマーク。

黒《くろ》いターバンを頭《あたま》に巻《ま》いている人《ひと》がいた。

「マルぼっちゃん、サクラをたすけにいきましょう。だれか心《こころ》あたりは、ありませんか」

「えっ、まさか、ジャンケンポン仮面《かめん》だなんて……」

「そのとおり！　いいかんしてますね」

あかるいこえでこたえた。

あまりびっくりしていたので、じいちゃんでしょ、とはいえなかった。

でも、心強《こころづよ》いみかただ、ということだけは、たしかなことだった。

とにかく早《はや》く、サクラをたすけにいかなければ、とおもうだけ。

頭《あたま》の中《なか》は、ごちゃごちゃだった。

四年一組《よねんいちくみ》のみんなが「ジャンケンポン仮面《かめん》」に、きょうみをもっているし。サクラはクラスの子《こ》なら、みんなともだちだとおもってるからな。

だれなんだ。

見知《みし》らぬ犬《いぬ》ずきが、はんにんかも……。

だって、サクラはかわいいから。

「マルぼっちゃん、いそぎましょう。きっとサクラがなついている人《ひと》のところです。ただ、サクラもこれいじょう長《なが》くなると、かわいそうですからね」

といういうことは。

なんだ、ジャンケンポン仮面《かめん》には、はんにんがだれだか、お見《み》とおしなんだ。

「だれのところ？」

「このてがみで、わかるじゃないですか。サクラがなついていて、ジャンケンポン仮面《かめん》にあいたがっているひとです」

走《はし》りながら、ジャンケンポン仮面《かめん》はいった。

ぼくが、たぶん……とおもった家《いえ》の前《まえ》まできて、

やっぱり！

とためいきをついたとたん。

「ジャンケンポン仮面《かめん》、ケンザン！」

さっとりょう手《て》をひろげ、すばやくこうさして、しまがらのマントをひらひらさせた。

おふろばみたいにひびく声《こえ》。

ぼくは、おもわずそのかっこよさに見《み》とれてしまった。

「わたしのジャンケンわざをおみせしよう。まんぞくしたら、サクラはマルぼっちゃんに、おかえしするべし」

ジャンケンポン仮面《かめん》の前《まえ》には、アキトくんがしょんぼり立《た》っていた。

そういえば、二日間《ふつかかん》、アキトくんは学校《がっこう》を休《やす》んでいたっけ。

れいせいにジャンケンポン仮面《かめん》はパフォーマンスをはじめた。

「ではわたしのジャンケンわざのきほんを見《み》ぬいてもらいましょうか。お二人《ふたり》とも気《き》まずくなってる場合《ばあい》じゃありません。マルぼっちゃんも、協力《きょうりょく》してくださいね。さあ、アキトくん、三回《さんかい》れんぞくですぞ。いっしょにやると、よくわかりますからね。さいしょはグー、さあ、このあとわたしはなにを出《だ》すでしょう?」

「チョキ」

「せいかい!」

アキトくんは目《め》をかがやかせた。

「えっ、パーじゃないの」

ぼくが口《くち》をはさむと、サングラスがにらんだ。

「ジャンケンをなんのためにするかという、きほんをわすれましたか」

ぼくは、はあ？　とくびをかしげた。

「では、すこし、むずかしいわざですよ。さいしょはグー、チョキときたら？」

「わかった。パー」

アキトくんはたしかにすごい。

「そのとおり！　きみは天才《てんさい》かな」

ぼくは、ちょっとくやしくなってきた。

「では次《つぎ》は高度《こうど》じゃよ。五回中三回勝《ごかいちゅうさんかいか》てばごうかくだ。さいしょはチョキ、さいしょはパー、さいしょはグー、さいしょはチョキ、さいしょはパー、さてどうしますか？　マルぼっちゃんもいっしょに考《かんが》えてさしあげましょうね」

チョキにはパーだ。パーにはグーでしょ。グーには、アキトくんがさきにこたえた。

「グーにはチョキですよね」

「そうです。アキトくんどうです。ジャンケンポン仮面《かめん》のわざが、すこしは、りかいできましたか」

アキトくんは、うなずいて目《め》をうるませていた。

ジャンケンポン仮面《かめん》の平和的《へいわてき》なわざに、心《こころ》がうごいたようだ。

でも、泣《な》くほどのことかなぁ。

あっ、そうか。ぼくは気《き》がついた。

あの時《とき》、ぼくにジャンケンさせた時《とき》、じいちゃんはぼくにあわせたんだ。

ようやくわかった。

待《ま》てよ……。

それに、じいちゃんはあの時《とき》、あとだしで負《ま》けたのかもしれない、ぼくが気《き》づかないうちに。それをぼくはじぶんのかんのよさと、おもいこんでいた。

今《いま》だって、アキトくんに気《き》づかせないように負《ま》けたんだ。

すごい！　計算《けいさん》されていたなんて。これがジャンケンポン仮面《かめん》のわざだったのか。

アキトくんは、「ごめんね」と、ものおきをあけにいった。

のんきなサクラは、わらっているみたいな顔《かお》で走《はし》ってきて、顔《かお》をぺろぺろなめた。

ぼくは、おもいきりだきしめた。

「アキトくん、なんでこんなことしたの」

「ツヨシくんよりさきに、ジャンケンポン仮面《かめん》のわざをしりたかったんだ。サクラはかわいいね。ぜんぜんいやがらなかったよ。ちゃんとさんぽもしたし、ごはんもあげた」

アキトくんは、ツヨシとぼくが、とっくみあいのけんかまでできる、すごいともだちどうしってかんじたらしい。

「けんかの日《ひ》、ツヨシくん、まどから心配《しんぱい》そうに見《み》おくってたんだ」

っていった。

サクラが「ワン！　ワン！」と、ほえたので、ジャンケンポン仮面《かめん》は、さっとうしろをむいて走《はし》りさっていった。

ぼくは、アキトくんに「またね」と手《て》をふった。

サクラをつれて、うちにかえった。

「おお、おかえり。よかったなぁ」

サクラをなでる、じいちゃんのおでこに、あせが光《ひか》っていた。

# ぼくのみみ

## —時《じ》空《くう》をこえて—

大《おお》川《かわ》純《すみ》世《よ》　作《さく》・絵《え》

## 出発《しゅっぱつ》

ぼくは、ドアをノックして、博士《はかせ》の実験室《じっけんしつ》へ入《はい》った。

「かねてからきみにお願《ねが》いしていた時空飛行《じくうひこう》が実現《じつげん》することになった」

博士《はかせ》はあく手《しゅ》をして、ぼくの肩《かた》を軽《かる》くたたいていった。

「ぼくはこの日《ひ》の来《く》るのを、ずっと待《ま》っていましたよ。博士《はかせ》」

「さあ、君《きみ》のみみに電子《でんし》チップをつけるよ。このベッドに横《よこ》になってくれたまえ」

ぼくは、ホーランドドロップ系《けい》のたれみみうさぎ。長《なが》いみみが自慢《じまん》だ。

「やっと、ぼくのみみが役《やく》に立《た》つときがきましたね」

ぼくは、電子《でんし》チップの取《と》りつけ具合《ぐあ》いをたしかめるように、みみを上下《じょうげ》に動《うご》かしてから、ゆっくり右左《さゆう》に動《うご》かした。

「とても調子《ちょうし》がいいですよ。博士《はかせ》」

「それはよかった！　このエネルギーメーターを首《くび》にかけてくれたまえ。このメーターは電子《でんし》チップのエネルギー量《りょう》と、使《つか》える所要時間《しょようじかん》がわかるようになっている」

博士《はかせ》は、エネルギーメーターをぼくの首《くび》につけながらいった。

「このメーターは磁気《じき》には弱《よわ》いので、くれぐれも気《き》をつけるんだよ」

そのほかいろいろとぼくに、使《つか》い方《かた》の説明《せつめい》をしてくれた。

「エネルギーがなくなると、この世界《せかい》にはもどってこれなくなるから、わかったね。この成功《せいこう》はきみにかかっているんだ」

「わかりました。ぼくは、今《いま》わくわくしていますよ。博士《はかせ》」

「きみの初飛行《はつひこう》の成功《せいこう》を祈《いの》るよ」

博士《はかせ》は、ぼくの手《て》をしっかりにぎった。

「もちろんですよ。ぼくはかならず博士《はかせ》のもとに帰《かえ》って来《き》ますよ。時空飛行《じくうひこう》に成功《せいこう》してね。楽《たの》しみに待《ま》っていてください」

ぼくのみみは真横《まよこ》、上下左右《じょうげさゆう》、別《べつ》べつに細《こま》かく動《うご》いて、まるで性能《せいのう》のいい小型飛行機《こがたひこうき》のように思《おも》えた。

そして博士《はかせ》は、実験室《じっけんしつ》のいくつかある窓《まど》の中《なか》で、ぼくを鍵付《かぎつ》きの窓《まど》の前《まえ》に連《つ》れて行《い》った。

「この窓《まど》は、時空飛行《じくうひこう》の入口《いりぐち》で秘密《ひみつ》の窓《まど》だよ」

ぼくはじっと窓《まど》を見《み》つめた。

博士《はかせ》は、持《も》っていた大《おお》きな鍵《かぎ》で、ゆっくりと窓《まど》を開《あ》けた。窓《まど》の外《そと》はただ、闇《やみ》の空間《くうかん》だけが広《ひろ》がっていた。

ぼくは一瞬《いっしゅん》、顔《かお》をこわばらせ息《いき》をのんだが、みみもとで電子《でんし》チップの合図《あいず》の音《おと》がして、また笑顔《えがお》をとりもどし、博士《はかせ》にいった。

「みみの電子《でんし》チップが、作動《さどう》をはじめました。博士《はかせ》」

「じゃ、気《き》をつけて……。みんなきみの帰《かえ》りを待《ま》っているからな。楽《たの》しいタイムトラベルになることを、祈《いの》っているよ」

博士《はかせ》はぼくに、大《おお》きく手《て》をふった。

ぼくもにっこり笑《わら》って、手《て》をふりながら時空飛行《じくうひこう》に飛《と》び出《だ》した。

## 出会《であ》い　1

空《そら》はぬけるように、青《あお》くすみきった秋晴《あきば》れ。

五年生《ごねんせい》でクラスメイトのたけるとけん太《た》は、航空公園《こうくうこうえん》をめざして、競《きそ》うように自転車《じてんしゃ》を走《はし》らせた。

公園《こうえん》に入《はい》ると、かまぼこ型《がた》の航空記念館《こうくうきねんかん》が建《た》っている。

この館《かん》の目玉《めだま》はアンリ・ファルマンというフランス製《せい》の飛行機《ひこうき》で今《いま》、展示《てんじ》されているのは、複製品《ふくせいひん》だ。現代《げんだい》の飛行機《ひこうき》にくらべると、大《おお》きなおもちゃのようにしか見《み》えない。その飛行機《ひこうき》が、この場所《ばしょ》で空《そら》を飛《と》んだのだ。

『明治四十四年《めいじよんじゅうよねん》、日本《にほん》で初《はじ》めて、ここに飛行場《ひこうじょう》ができ、徳川《とくがわ》・日野両大尉《ひのりょうたいい》が徳川大尉《とくがわたいい》の設計《せっけい》した飛行機《ひこうき》に乗《の》って、初飛行《はつひこう》に成功《せいこう》した』とパンフレットに書《か》かれていた。その時代《じだい》としては、最新型《さいしんがた》の空飛《そらと》ぶ乗《の》り物《もの》だったのだ。

たけるは、館内《かんない》の入口《いりぐち》の天井《てんじょう》につるされている、アンリ・ファルマンの飛行機《ひこうき》を見上《みあ》げた。この飛行機《ひこうき》は、今《いま》の飛行機《ひこうき》のように、金属《きんぞく》でおおわれているのではなく、鉄《てつ》の骨組《ほねぐみ》に、布《ぬの》をはってあるだけだ。

現代《げんだい》のものとは比較《ひかく》にならないほど小《ち》さくて、なんだかすぐに、つい落《らく》しそうに思《おも》えた。

「こんな細《ほそ》い骨組《ほねぐみ》で、ちゃんと飛《と》ぶかわからない乗《の》り物《もの》に、乗《の》ろうとした勇気《ゆうき》はすごいよ！」

たけるは、けん太《た》のほうを見《み》た。

「でもさ、あの時代《じだい》では、立派《りっぱ》な最新《さいしん》の空飛《そらと》ぶ乗《の》り物《もの》だったんだよね。今《いま》だったら、怖《こわ》くてとても乗《の》れないよ」

けん太《た》は、そういいながら天井《てんじょう》をじっと見《み》つめていた。

それから二人《ふたり》は、一階《いっかい》に展示《てんじ》してあるたくさんの飛行機《ひこうき》を見《み》てまわった。

黄色《きいろ》い小型《こがた》プロペラ飛行機《ひこうき》のノースアメリカン。日本製《にほんせい》の富士《ふじ》の赤《あか》い小型飛行機《こがたひこうき》。輸送《ゆそう》用《よう》の大型《おおがた》ヘリコプターのシリコンスキーで、これは搭乗《とうじょう》できる。多《おお》くの人《ひと》を運《はこ》ぶために機《き》内《ない》が広《ひろ》い、ヘリコプターだ。そのほかいろんな機種《きしゅ》の飛行機《ひこうき》が展示《てんじ》してある。

「なあ、たけるー。アンリ・ファルマンの飛行機《ひこうき》から、こんなにたくさんの空飛《そらと》ぶ乗《の》り物《もの》が、考《かんが》えだされたんだね」

けん太《た》は、ぐるりと館内《かんない》を見渡《みわた》しながらいった。

「今《いま》じゃ、大型《おおがた》ジャンボ機《き》で世界中《せかいじゅう》どこでも行《い》けるよ。大《おお》きくなったら、飛行機《ひこうき》に乗《の》って外国《がいこく》へ行《い》ってみたいなあー」

「ぼくは、パイロットになって、世界《せかい》の空《そら》を飛《と》びまわりたいよ。けん太《た》！　ぼくの操縦《そうじゅう》する飛行機《ひこうき》に、乗《の》せてあげるよ」

たけるは、けん太《た》を見《み》ながら目《め》をかがやかせた。

「ほんとうか！　約束《やくそく》だよ」

けん太《た》は、たけるの顔《かお》をのぞきこんで、ハイタッチした。

「これで全部見《ぜんぶみ》たから、二階《にかい》に行《い》こうぜ、けん太《た》」

たけるは、いっきに二階《にかい》にかけ上《あ》がった。フライトシミュレーターの対話型不思議映像《たいわがたふしぎえいぞう》で、飛行機《ひこうき》の操縦体験《そうじゅうたいけん》をしてみたかったのだ。一《ひと》つしかない席《せき》にむかってダッシュして、すべりこむようにすわった。

「たける！　あっちにある管制塔《かんせいとう》の体験《たいけん》コーナーの方《ほう》へ行《い》ってみるよ」

けん太《た》は少《すこ》し離《はな》れたところにある、管制塔体験《かんせいとうたいけん》コーナーにかけだした。

「わかった。終《お》わったら交代《こうたい》しようぜ」

たけるは、一度《いちど》やってみたいと思《おも》っていた飛行機《ひこうき》の操縦《そうじゅう》だったので、新米《しんまい》の機長《きちょう》になったつもりで、すばやくハンドルをにぎり、スイッチを入《い》れた。

テレビの画面《がめん》に、滑走路《かっそうろ》が映《うつ》し出《だ》され、音声《おんせい》が流《なが》れはじめた。そのとおりにハンドルをゆっくり動《うご》かすと、映像《えいぞう》が動《うご》き出《だ》した。滑走路《かっそうろ》からはみ出さないように、注意《ちゅうい》しながら操作《そうさ》した。

「よーし、うまいぞー」

エンジンは回転《かいてん》が速《はや》くなり、大《おお》きな音《おと》を出《だ》しながら、高速《こうそく》で回《まわ》り始《はじ》めた。画面《がめん》の飛行機《ひこうき》は、力強《ちからづよ》く離陸《りりく》し、機体《きたい》が滑走路《かっそうろ》から離《はな》れ、飛《と》び立《た》とうとしたときだった。こわれたように、画面《がめん》の映像《えいぞう》がとぎれ、ジージーというけたたましい雑音《ざつおん》が入《はい》ってきた。たけるは、あせりながら、操作《そうさ》のスイッチを何回《なんかい》かおしてみたが、いっこうに直《なお》らない。

すると、画面《がめん》に半透明《はんとうめい》のみみを、プロペラのようにひろげた動物《どうぶつ》らしきものが、かすかに映《うつ》っているのが見《み》えた。

たけるは、目《め》をギョッと見開《みひら》いた。ぼんやりとした画面《がめん》の奥《おく》の方《ほう》から、映像《えいぞう》がしだいに現《あらわ》れたかと思《おも》うと、正体《しょうたい》がはっきり見《み》えた。

「こ、これは、何《なん》だ！」

たけるはびっくりして、もう一度《いちど》画面《がめん》にくいついて、じっと見《み》た。

映《うつ》し出《だ》されたのは、うさぎだった。

## 出会《であ》い　2

突然電子《とつぜんでんし》チップの音《おと》がかわった。急《いそ》いでメーターを見《み》ると誤作動《ごさどう》を起《お》こしていて、どこを飛行《ひこう》しているのかわからなくなった。

「しまった！　磁気《じき》にやられた」

ぼくは、あせった。とにかくどの時代《じだい》にきたか、知《し》るためにモニターの画面《がめん》の中《なか》にはいったが、ふいにだれかに見《み》られたように思《おも》って驚《おどろ》いた。

「どうなっているんだ！　こんなところにうさぎが出《で》てくるなんて……」

男《おとこ》の子《こ》が、画面《がめん》の外《そと》で叫《さけ》んでいるのが見《み》えた。

「失敗《しっぱい》、失敗《しっぱい》、大失敗《だいしっぱい》。ここはいったいどこだ！」

ぼくも、画面《がめん》から、大声《おおごえ》をだしていた。

「何《なに》が……、こっちこそよくわからないよ」

男《おとこ》の子《こ》が怒《おこ》り出《だ》した。

「あー、ごめん、ごめん」

ぼくは、気《き》をとりなおして男《おとこ》の子《こ》に向《む》かって話《はなし》かけた。

「ぼくは、未来《みらい》から来《き》た、長《なが》いたれみみが自慢《じまん》のうさぎで、人間《にんげん》のようにしゃべれるんだ」

男《おとこ》の子《こ》は、グッと目《め》を見開《みひら》き、きつねにつままれたような顔《かお》で、ぼくを見《み》つめた。

「しゃべるうさぎ？　だってうさぎは声《こえ》を出《だ》さないよ。学校《がっこう》で飼《か》っているから、よく知《し》っているよ」

男《おとこ》の子《こ》は、新種《しんしゅ》のうさぎかと思《おも》ったかもしれないけれど、そんなことはおかまいなしに、ぼくにむかってどなった。

「それより、飛行機《ひこうき》の操縦《そうじゅう》をしにきたんだ。どけよ！」

ぼくは、困《こま》ったことになったと思《おも》った。

「ところで、きみの名前《なまえ》は？」

「たけるだよ。友《とも》だちのけん太《た》と、ここに遊《あそ》びに来《き》たんだ。きみこそどうしてここに……」

「ぼくは、時空《じくう》を超《こ》えてここに来《き》たんだ」

「えっ、時空《じくう》を超《こ》えて……　よくわかんないよ」

ぼくは、たけるにぼくのことを、少《すこ》し話《はな》そうと思《おも》った。

「たけるくんは、ぼくを見《み》つけた時《とき》から時間《じかん》が止《と》まっていて、きみはぼくの時空《じくう》の中《なか》にいるんだよ。だから話《はな》せるし、ぼくが見《み》えるけど、ほかの人《ひと》には見《み》えないんだ」

「えっー、うさぎと同《おな》じ時空《じくう》の中《なか》に？」

「そうさ、ほら、後《うし》ろの人《ひと》を見《み》てごらん、身動《みうご》きひとつせず待《ま》っているだろう、これは時《じ》間《かん》が止《と》まっているからだよ」

ぼくは、またしゃべりだした。

「ぼくは、最先端《さいせんたん》技術《ぎじゅつ》のスーパー細胞《さいぼう》によって、人間《にんげん》と同《おな》じ脳《のう》を持《も》っている実験用《じっけんよう》のうさぎで、今《いま》、実験中《じっけんちゅう》なんだ」

「えー、実験用《じっけんよう》のうさぎで、実験中《じっけんちゅう》？　今《いま》の科学《かがく》では、まだやっと心臓《しんぞう》の拍動《はくどう》するマウスの細胞《さいぼう》ができたばかりって、ニュースでいっていたよ。人間《にんげん》と同《おな》じ脳《のう》、すごいー。それで、うさぎくん、どんな実験《じっけん》で、なぜここにいるんだ？」

たけるは少《すこ》し強《つよ》い口調《くちょう》でたずねた。

「ぼくの長《なが》いみみを翼《つばさ》のようにひろげて、時空《じくう》を超《こ》えられるか実験《じっけん》することになり、ぼくは過去《かこ》の世界《せかい》を見《み》てみたかったので、この実験《じっけん》に参加《さんか》したんだ」

ぼくは、得意気《とくいげ》にいった。

「ぼくの住《す》んでいる世界《せかい》は、未来《みらい》の世界《せかい》。それより未来《みらい》にはいけないけれど、過去《かこ》の世界《せかい》には行《い》けるようになったので、ぼくは実験《じっけん》チームの中《なか》から選《えら》ばれて、今《いま》、未来《みらい》からやって来《き》たんだ。けれど、着地《ちゃくち》をまちがえてしまったんだ」

「でもどうしてここに現《あらわ》れたの？」

「ぼくは、時空《じくう》を超《こ》えるとき、どの時代《じだい》を飛行《ひこう》しているか知《し》るために、テレビのニュースの中《なか》に入《はい》って画面《がめん》をチェックしながら飛《と》んでいるんだ」

困《こま》った顔《かお》で、たけるに説明《せつめい》した。

「じゃ、どうするつもりだ！　まちがいなら、はやくどいてくれよ」

「ぼくは江戸時代《えどじだい》に行《い》って、本来《ほんらい》のうさぎの運動能力《うんどうのうりょく》を高《たか》めるために、忍者《にんじゃ》に会《あ》おうと思《おも》ったんだ。でも迷《まよ》ってしまってこの画面《がめん》に入《はい》ってしまったんだ」

「江戸時代《えどじだい》は、テレビがないよ。それに、もっと過去《かこ》の時空《じくう》に行《い》かないと着《つ》かないよ」

「うん、わかっているよ。いちおうちゃんと勉強《べんきょう》してきたんだけど……。初飛行《はつひこう》だからね」

ぼくは首《くび》にかけているエネルギーメーターに目《め》を落《お》とした。

「あっ、いけない。エネルギーがなくなってきている。すぐ画面《がめん》から消《き》えるから……」

たけるもぼくの首《くび》にかかっている、メーターに目《め》を近《ちか》づけたので、ぼくは、もっとよく見《み》えるように、突然《とつぜん》テレビから飛《と》び出《だ》して、たけるの横《よこ》にたった。ぼくは人間《にんげん》でいうと、身長八十《しんちょうはちじゅう》センチメートル位《くらい》で、茶色《ちゃいろ》の毛《け》がふさふさしていて、二本《にほん》の足《あし》で立《た》てる。体《からだ》はここにいると透明《とうめい》にちかいけれど、見《み》かけはやっぱりうさぎだ。たけるは、びっくりして立《た》ち上《あ》がろうとしたが、まるで強力接着剤《きょうりょくせっちゃくざい》がイスにぬってあるように、身動《みうご》きがとれないでいる。でも声《こえ》は出《だ》せるので、不思議《ふしぎ》な顔《かお》でぼくにたずねた。

「ほんとうに、時空《じくう》を超《こ》えてやってきたんだね？」

「そうさ、ぼくのみみは、きみにはまだむずかしいけれど、量子力学《りょうしりきがく》にもとづいた、電子《でんし》チップがはいっているんだ。だから現代《げんだい》から過去《かこ》の時空《じくう》を自由《じゆう》に飛《と》べるんだ」

「すごい！　ぼくでも時空《じくう》を飛《と》べるかな？」

そういってたけるは、ぼくのみみをさわってみたが、べつに変《か》わったところは見《み》つけられなかった。

「もちろんさ、ぼくと時空《じくう》を飛《と》んでみる?」

たけるは、ちょっと考《かんが》えてからぼくにいった。

「やってみたいけど、心配《しんぱい》なことがあるんだ」

たけるは、ぼくの顔《かお》をのぞきこんだ。

「友《とも》だちのけん太《た》と、ここへ遊《あそ》びにきたんだけど、ぼくが時空《じくう》を超《こ》えている間《あいだ》、けん太《た》は、ぼくをさがすだろうし、この場所《ばしょ》にもどって来《く》るまで、時間《じかん》がかかるだろう」

ぼくは、鼻《はな》をひくひくさせながら、笑《わら》った。

「そんな心配《しんぱい》はいらないよ。時空《じくう》を超《こ》えているときは、時間《じかん》は止《と》まっているんだから」

「えっ、そんなことできるの?」

「ぼくのみみに、しっかりつかまっていればだいじょうぶだよ……。きみの友《とも》だちに、このことをいっては困《こま》るんだ。今《いま》はまだ、実験中《じっけんちゅう》で非公開《ひこうかい》なんだから」

「わかった」

たけるは、大《おお》きくうなずいた。

「もう一度《いちど》いうけど、時空飛行《じくうひこう》は、過去《かこ》にしかいけないんだ。しかも長時間飛行《ちょうじかんひこう》は、無理《むり》だから、もう江戸時代《えどじだい》には行《い》けないんだ」

「うーん、急《きゅう》にいわれても…」

「きみに迷惑《めいわく》をかけたから、行《い》きたいところがあれば、どこでも飛《と》ぶよ」

たけるは、うで組《ぐみ》をして考《かんが》えたが、答《こた》えはなかなか浮《う》かんでこなかった。その時《とき》、たけるの口《くち》からふいにでた。

「じゃ、アンリ・ファルマン機《き》の飛《と》ぶところが見《み》たい」

ぼくは、にっこり笑《わら》った。

「それなら、かんたんさ！　失敗《しっぱい》しないでここにもどってこられるよ。それにぼくの住《す》んでいる未来《みらい》にも帰《かえ》れるよ」

ぼくは、時空飛行《じくうひこう》のスイッチを押《お》した。すると、小型飛行機《こがたひこうき》の翼《つばさ》のように、みみがひろがった。

「さあ、ぼくの背中《せなか》に乗《の》って！」

せかすようにたけるにいった。たけるの体《からだ》は自由《じゆう》になり、ぼくの背中《せなか》に乗《の》って、みみの根元《ねもと》をギュッとにぎった。柔《やわ》らかいみみはかたくなり、ぼくは手足《てあし》をスッと伸《の》ばして飛行《ひこう》体勢《たいせい》に入《はい》った。

「さあ、時空飛行《じくうひこう》に出発《しゅっぱつ》するよ。ぜったい手《て》をはなさないでね」

ふわふわした気持《きも》ちのよいぼくの体《からだ》の毛《け》に、たけるはしっかりとしがみついた。たけるが感《かん》じているのと同《おな》じように、ぼくの耳《みみ》もキンキンしているのが伝《つた》わって、体《からだ》は何《なに》か力強《ちからづよ》いものに押《お》しよせられるように感《かん》じた。目《め》の前《まえ》の風景《ふうけい》は、画面《がめん》の早送《はやおく》りのようで、何《なに》も見《み》えないし、音《おと》もまったく聞《き》こえない。

「ワァー、ワァー」

たけるが、思《おも》わず大《おお》きな声《こえ》をはりあげた。たけるとぼくの体《からだ》の力《ちから》がさっとぬけたと思《おも》った瞬間《しゅんかん》、目《め》の前《まえ》の画面《がめん》が、ぴたっと止《と》まった。

「さあ、着《つ》いたよ。明治四十四年《めいじよんじゅうよねん》　十月十三日《じゅうがつじゅうさんにち》。初飛行《はつひこう》の日《ひ》だよ」

すると、目《め》の前《まえ》が急《きゅう》にパッと明《あか》るくなり、広《ひろ》い原《はら》っぱの中《なか》に、小《ちい》さい飛行機《ひこうき》がぽつんとあるのを見《み》つけた。

「あっ、あれがアンリ・ファルマンだね！」

「そうみたいだね」

豆粒《まめつぶ》みたいな人《ひと》が、飛行機《ひこうき》のまわりにいて、飛行機《ひこうき》のようすを調《しら》べている。そこに二人《ふたり》の男《おとこ》の人《ひと》が近《ちか》づいて来《き》た。

「あの人《ひと》たちが、パンフレットに書《か》いてあった、徳川《とくがわ》、日野大尉《ひのたいい》だ」

遠《とお》く離《はな》れたところには、軍人《ぐんじん》らしき人《ひと》や、羽織《はおり》、はかま姿《すがた》でひげを生《は》やした人《ひと》が、前列《ぜんれつ》に並《なら》んでいた。その周《まわ》りでは、子《こ》どもや、近所《きんじょ》に住《す》んでいる人《ひと》たちが、大《おお》きな歓声《かんせい》を上《あ》げていて、飛行機《ひこうき》を見《み》つめている。たけるとぼくは、その群衆《ぐんしゅう》にまぎれこんだが、だれひとりとして、気《き》づく者《もの》はいなかった。

両大尉《りょうたいい》は、みんなの歓声《かんせい》に答《こた》えるように、手《て》を挙《あ》げてあいさつをして、飛行機《ひこうき》に乗《の》り込《こ》んだ。

車輪《しゃりん》が回転《かいてん》し始《はじ》め、幅《はば》五十《ごじゅう》メートル、長《なが》さ四百《よんひゃく》メートルの滑走路《かっそうろ》を、飛行機《ひこうき》は全速力《ぜんそくりょく》で走《はし》り、そのまますみきった青空《あおぞら》に向《む》かって、ふわっと浮《う》き上《あ》がり、しばらく飛《と》んで滑走路《かっそうろ》のはしに着陸《ちゃくりく》した。

「ワァー、飛《と》んだ。飛《と》んだ。成功《せいこう》だ！」

ぼくもたけるも、見物客《けんぶつきゃく》もみんな、ほんの一《いっ》しゅんの出来事《できごと》なのに喜《よろこ》びでいっぱいになった。

## 帰《かえ》る

「あっ、いけない。もう時間《じかん》だ。時間《じかん》がない」

ただならぬ声《こえ》に、たけるがビクッととびあがった。

ぼくの首《くび》にかかっているエネルギーメーターが、赤《あか》くピカピカして、けい告《こく》を知《し》らせていた。

ぼくはあわてた顔《かお》で、たけるの肩《かた》をポンとたたいて、早口《はやくち》でいった。

「エネルギーがなくなってきた！　早《はや》く帰《かえ》らなくては、ぼくの未来《みらい》の国《くに》に帰《かえ》れないよ。みんな待《ま》っているんだから……」

「なんだか、不思議《ふしぎ》の国《くに》のアリスのうさぎみたいだね」

たけるはもう一度《いちど》うさぎの肩《かた》に強《つよ》くしがみついて、残念《ざんねん》そうにいった。

「まだ見《み》てみたいところがあったんだ。今通《いまかよ》っている昔《むかし》の小学校《しょうがっこう》のようすや、大《おお》おじいちゃんやおばあちゃんにもあいたかったな」

「でもしかたがないだろう。これは未来《みらい》の世界《せかい》でも、まだ実験中《じっけんちゅう》なんだから。さあ、帰《かえ》るよ！」

「あー、残念《ざんねん》だなー」

「たけるくん、ぼくは過去《かこ》の着地点《ちゃくちてん》をまちがえたけれど、きみに会《あ》えて楽《たの》しかったよ」

「ぼくもだよ。初《はつ》の時空飛行《じくうひこう》、成功《せいこう》だね」

「そうだね、成功《せいこう》したんだね！　たけるくん、ありがとう。時間《じかん》がないから、じゃあね」

ぼくがそういうと、目《め》の前《まえ》の視界《しかい》がパッと明《あか》るくなり、たけるももといたところにもどり、モニターが映《うつ》り始《はじ》めた。

ぼくはモニターを見《み》つめているたけるに向《む》かって、ピースサインをした。たけるも、ぼくを見《み》つけたのかピースサインを送《おく》っている。

全速力《ぜんそくりょく》で博士《はかせ》の待《ま》っている未来《みらい》に向《む》かって、飛《と》びたとうとしたとき、たけるのモニターの画面《がめん》が終了《しゅうりょう》したらしく、席《せき》を立《た》った。

たけるが動《うご》き出《だ》したとき、たけるの頭《あたま》からは、ぼくの中《なか》の記憶《きおく》がすべて消《き》えてなくなってしまうんだ。

しばらく時空飛行《じくうひこう》していると、かすかに実験室《じっけんしつ》の窓《まど》が見《み》えて来《き》た。ぼくは思《おも》わず大《おお》きな声《こえ》をはりあげた。

「博士《はかせ》、帰《かえ》ってきましたよー」

実験室《じっけんしつ》の窓《まど》が開《ひら》いて、うっすらと博士《はかせ》が遠《とお》くで、手《て》をふっているのが見《み》えた。

「初《はつ》の時空飛行《じくうひこう》、成功《せいこう》だね」

ぼくのみみに、たけるの声《こえ》がきこえてきた。ありがとう、たける。ぼくは、わすれないよ。

# 私《わたし》は梅《うめ》ちゃん

―別《わか》れの日《ひ》がやってきた―

すずきたかこ　作《さく》・絵《え》

冷《つめ》たい朝《あさ》もやが、足元《あしもと》からじわり、じわりと、全身《ぜんしん》をおおい、ぞくぞくする寒《さむ》さで、私《わたし》は目《め》が覚《さ》めました。

三月四日《さんがつよっか》、とうとうお別《わか》れの日《ひ》です。

私《わたし》は、かくごはしていたものの、いざ、この日《ひ》を迎《むか》えると、ふんばっている足腰《あしこし》に、力《ちから》が入《はい》りません。

「だれか！　私《わたし》に力《ちから》を貸《か》して!!」

と、叫《さけ》んでいると、突然《とつぜん》、私《わたし》の頭《あたま》にセピア色《いろ》の大型《おおがた》スクリーンが現《あらわ》れ、ぽつんと立《た》っている私《わたし》を、小《ちい》さな手《て》のひらで、なでてくれる女《おんな》の子《こ》の映像《えいぞう》が……。

私《わたし》は、胸《むね》がふるえると同時《どうじ》に、忘《わす》れかけていた今《いま》までの記憶《きおく》が、噴水《ふんすい》のように〝ブワーッ〟と、体《からだ》じゅうに吹《ふ》き上《あ》がってきました。

私《わたし》は、鈴木《すずき》さん家《ち》の梅《うめ》の木《き》、名前《なまえ》は『梅《うめ》ちゃん』です。

三十五年前《さんじゅうごねんまえ》に、鈴木《すずき》さん家《ち》の武雄《たけお》さんと都美子《とみこ》さんの夫婦《ふうふ》、それに、三歳《さんさい》のかわいい幸子《さちこ》ちゃんが、新《あたら》しい家《いえ》を建《た》て、ここ青梅《おうめ》に越《こ》してきました。

そのお祝《いわ》いにと〈青梅《おうめ》の梅祭《うめまつ》り〉で、背丈《せたけ》が一《いち》メートルもない、やせっぽちの私《わたし》を買《か》って、庭《にわ》の真《ま》ん中《なか》に植《う》えてくれました。

そして、幸子《さちこ》ちゃんが小《ちい》さな手《て》で私《わたし》をさすりながら……この日《ひ》の事《こと》は良《よ》く覚《おぼ》えています。

「この梅《うめ》の木《き》は『梅《うめ》ちゃん』って名前《なまえ》よ！」

と、私《わたし》に名前《なまえ》を付《つ》けてくれました。

武雄《たけお》さんが目《め》を細《ほそ》め、にこにこ笑《わら》いながら、

「『梅《うめ》ちゃん』か、なかなかいい名前《なまえ》だね。幸子《さちこ》がこの梅《うめ》の木《き》の名付《なづ》け親《おや》だな」

都美子《とみこ》さんは、私《わたし》と幸子《さちこ》ちゃんを、かわるがわる見《み》ながら、

「幸《さっ》ちゃんと梅《うめ》ちゃん、どちらも丈夫《じょうぶ》に育《そだ》ってちょうだいね」

と、やさしい声《こえ》で言《い》いました。

私《わたし》は、名前《なまえ》を付《つ》けてもらい、うれしさのあまり、ぴよーんとジャンプをしたら、根《ね》っこの一本《いっほん》が、ぴよーんと土《つち》から飛《と》び出《だ》してしまいました。

だからこの通《とお》り、今《いま》でも根《ね》っこが一本《いっぽん》、飛《と》び出《だ》したままなんです。

その年《とし》の七夕《たなばた》のことでした。

幸子《さちこ》ちゃんが、私《わたし》の頭《あたま》や手足《てあし》に、色紙《いろがみ》で作《つく》った短冊《たんざく》や輪《わ》つなぎを飾《かざ》り、♪笹《ささ》の葉《は》さらさら……と、歌《うた》っていると、通《とお》りかかったおじいさんが、塀《へい》からのぞき込《こ》んで〝わっはっは〟と、大声《おおごえ》で笑《わら》い、通《とお》りすぎて行《い》きました。

でも、そのおじいさんはすぐに、背丈《せたけ》の二倍《にばい》もある大《おお》きな笹竹《ささたけ》をかついでもどり、幸子《さちこ》ちゃんに声《こえ》をかけました。

「七夕《たなばた》さんは、これに飾《かざ》るといいよ」

大《おお》きなしわがれ声《こえ》を聞《き》いた都美子《とみこ》さんは、あわてて家《いえ》から飛《と》び出《だ》しました。

「あらあら、どなたか分《わ》かりませんが、ありがとうございます。笹竹《ささたけ》がないので、梅《うめ》の木《き》に七夕《たなばた》を……。幸《さっ》ちゃんよかったね」

「うん。おじいちゃんありがとう。そうだ！　いっしょに飾《かざ》りを作《つく》らない？」

幸子《さちこ》ちゃんに誘《さそ》われたおじいさんは、三日月《みかづき》のように目《め》を細《ほそ》め、

「いっしょに作《つく》っていいのかよ？」

「いいよ、いいよ。おじいちゃん早《はや》くこっちにきて！」

幸子《さちこ》ちゃんが手招《てまね》きをすると、おじいさんはもじもじしながら、

「あのう……、ばあさんも呼《よ》んでいいのかよ？」

「うん。いいよ！　いいよ！」

「どうぞ、どうぞ、呼《よ》んでいっしょに作《つく》ってくださいな！」

幸子《さちこ》ちゃんと都美子《とみこ》さんの誘《さそ》いに、おじいさんとおばあさんは、何十年《なんじゅうねん》ぶりに七夕飾《たなばたかざ》りを作《つく》って、七夕祭《たなばたまつ》りをしました。

そんなわけで、一度《いちど》は七夕《たなばた》の飾《かざ》りをつけた私《わたし》ですが、あっという間《ま》に、丸裸《まるはだか》になってしまいました。

その日《ひ》から、幸子《さちこ》ちゃん達《たち》は、笹竹《ささたけ》のおじいさんやおばあさんに野菜《やさい》をもらったり、一緒《いっしょ》にお茶《ちゃ》を飲《の》んだり、とても仲良《なかよ》くなりました。

ご近所《きんじょ》さんも、どんどん増《ふ》えて、私《わたし》の周《まわ》りは、いつもにぎやかな声《こえ》が聞《き》こえていました。

幸子《さちこ》ちゃんが小学校四年生《しょうがっこうよねんせい》の頃《ころ》には、私《わたし》の胴回《どうまわ》りは、大人《おとな》の腕《うで》くらいの太《ふと》さになり、背丈《せたけ》も幸子《さちこ》ちゃんが見上《みあ》げるまで大《おお》きくなりました。

早春《そうしゅん》には白《しろ》い花《はな》を咲《さ》かせ、甘《あま》い香《かおり》を辺《あた》りに漂《ただよ》わせ、初夏《しょか》には青《あお》い実《み》をつけるようになったのです。その頃《ころ》から、鈴木《すずき》さん家族《かぞく》は梅《うめ》をもぎ、梅干《うめぼし》と、武雄《たけお》さんの大好物《だいこうぶつ》の梅酒作《うめしゅづく》りが始《はじ》まりました。

ある年《とし》、そうそう、あれは幸子《さちこ》ちゃんが小学校《しょうがっこう》を卒業《そつぎょう》した年《とし》のことです。私《わたし》は卒業《そつぎょう》のお祝《いわ》いにと思《おも》い、枝《えだ》という枝《えだ》に、見事《みごと》な梅《うめ》の花《はな》を咲《さ》かせました。梅《うめ》の花《はな》には「むだ花《ばな》はないよ」と、ご近所《きんじょ》のおばあさんに聞《き》いていた通《とお》り、その年《とし》は、梅《うめ》の実《み》が大豊作《だいほうさく》。梅干《うめぼし》の桶《おけ》も梅酒《うめしゅ》の瓶《びん》も、足《た》りなくなってしまいました。

「お父《とう》さん、桶《おけ》と瓶《びん》を買《か》ってきて！　これと同《おな》じのをね。それと、梅酒《うめしゅ》を作《つく》るための氷砂《こおりざ》糖《とう》と焼酎《しょうちゅう》もお願《ねが》いね」

都美子《とみこ》さんがあわてたようすで、早口《はやくち》で言《い》うと、武雄《たけお》さんは調子《ちょうし》よく、

「はいはい、わかったよ」

と、出《で》かけたのですが、買《か》ってきた桶《おけ》も瓶《びん》もサイズ違《ちが》い。おまけに、晩酌用《ばんしゃくよう》の焼酎《しょうちゅう》を買《か》ってきたので、二人《ふたり》は大喧嘩《おおげんか》になりました。

武雄《たけお》さんは部屋《へや》にこもり、買《か》ってきた焼酎《しょうちゅう》をがぶ飲《の》み、都美子《とみこ》さんはだんまり、二人《ふたり》は

顔《かお》も合《あ》わせなかったのです。

幸子《さちこ》ちゃんはびっくりして（どうすれば仲直《なかなお》りが出来《でき》るのかしら？）と、一晩中《ひとばんじゅう》、眠《ねむ》らないで考《かんが》えていたのですが、次《つぎ》の日《ひ》の朝《あさ》、

「お父《とう》さん、酔《よ》い覚《ざ》ましに梅粥《うめがゆ》を作《つく》りましょうか？」

「たのむ、酔《よ》い覚《ざ》ましには梅粥《うめがゆ》が一番《いちばん》だよ」

と、二人《ふたり》が仲良《なかよ》く話《はな》していたので「心配《しんぱい》してちょっぴり損《そん》しちゃった」と、幸子《さちこ》ちゃんが、笑《わら》って話《はな》してくれました。


鈴木家《すずきけ》では、花《はな》が満開《まんかい》になると、私《わたし》の足元《あしもと》に大《おお》きなシートを広《ひろ》げ、名《な》づけて〈梅《うめ》ちゃん祭《まつ》り〉が始《はじ》まります。

ご近所《きんじょ》さんや親戚《しんせき》まで集《あつ》まり、男《おとこ》の人《ひと》は飲《の》めや歌《うた》えの大宴会《だいえんかい》。女《おんな》の人《ひと》は、お料理《りょうり》をたべながら、終《お》わりを知《し》らないおしゃべりが続《つづ》きます。

私《わたし》のきれいな花《はな》を見《み》るより、わいわいがやがや……。ちょっぴり寂《さび》しいのですが、みんなの笑顔《えがお》とにぎやかな歌《うた》や踊《おど》りを、高《たか》いところからながめるのも楽《たの》しかったです。

毎年《まいとし》、二月《にがつ》になると、私《わたし》をちらちら横目《よこめ》で見《み》ながら、

「梅《うめ》ちゃんの花《はな》はまだ咲《さ》かないの？」

「満開《まんかい》でなくても、ちらほらでいいよ」

と、武雄《たけお》さんに〈梅《うめ》ちゃん祭《まつ》り〉を、催促《さいそく》するほどになっていました。

私《わたし》も、にぎやかな声《こえ》が早《はや》く聞《き》きたかったので、少《すこ》しでも早《はや》く花《はな》を咲《さ》かせようと「花《はな》よ咲《さ》け、咲《さ》け‼」と、叫《さけ》びながら、お日様《ひさま》をいっぱい浴《あ》びるように、せいいっぱい背伸《せの》びをしました。

〈梅《うめ》ちゃん祭《まつ》り〉は、年々《ねんねん》にぎやかになり、道行《みちゆ》く人《ひと》まで呼《よ》び込《こ》んで、一日中《いちにちじゅう》、大宴会《だいえんかい》です。

私《わたし》も足元《あしもと》に、アルコールをごちそうになり、よっぱらいの仲間入《なかまい》りをして、一曲歌《いっきょくうた》ったのですが、きっと、みんなには聞《き》こえなかったでしょうね。

私《わたし》にとって〈梅《うめ》ちゃん祭《まつ》り〉は最高《さいこう》！

幸子《さちこ》さんが結婚《けっこん》して、赤《あか》ちゃんが生《う》まれた時《とき》のことです。

おじいさんになった武雄《たけお》さんが、うきうきしながら、

「孫《まご》の名前《なまえ》は決《き》まっている。我《わ》が家《や》の梅《うめ》ちゃんから頂《いただ》くよ」

と、自信満々《じしんまんまん》、胸《むね》をはって言《い》ったので、

「まさか『梅《うめ》』ではないでしょうね？　いまどきそんな名前《なまえ》では、孫《まご》がかわいそうですよ」

都美子《とみこ》さんは、武雄《たけお》さんをにらみつけ、きっぱりと言《い》いました。

「『美香《みか》』ってどうだ！　梅《うめ》ちゃんの美《うつく》しい花《はな》と良《よ》い香《かおり》。梅《うめ》ちゃんみたいに、みんなからかわいがってもらうんだ。いい名前《なまえ》だろう！」

武雄《たけお》さんの得意《とくい》そうな、かん高《たか》い声《こえ》が、窓越《まどごし》に聞《き》こえたので、私《わたし》は耳《みみ》をそばだて、一言《ひとこと》ひとことと、聞《き》き漏《も》らさないようにしていました。

「『美香《みか》』いい名前《なまえ》です。お父《とう》さんありがとうございます。幸子《さちこ》もいいだろう。この子《こ》を梅《うめ》ちゃんみたいに育《そだ》てようよ」

幸子《さちこ》さんのだんなさんが窓《まど》を開《あ》け、私《わたし》をじっと見《み》つめました。

「『美香《みか》、美香《みか》』いい名前《なまえ》ね。梅《うめ》ちゃんは、私《わたし》と一緒《いっしょ》に大《おお》きくなったのよ。今《いま》ではこの家《いえ》の守《まも》り神《がみ》よね。『美香《みか》』も梅《うめ》ちゃんみたいになってほしいわ」

お母《かあ》さんになった幸子《さちこ》さんも、大賛成《だいさんせい》です。

「それでは命名《めいめい》します。初孫《はつまご》の名前《なまえ》は『鈴木美香《すずきみか》』です」

そんな武雄《たけお》さんの言葉《ことば》を聞《き》いた私《わたし》は、涙《なみだ》が出《で》るほど嬉《うれ》しくて、白《しろ》い花《はな》を、ぽっぽっぽっ……と、咲《さ》かせました。

「あらあら、梅《うめ》ちゃんも祝《いわ》ってくれていますよ。ほら！　ちらほら花《はな》が咲《さ》きましたよ」

都美子《とみこ》さんの声《こえ》に、みんなが「ありがとう、梅《うめ》ちゃん」と、にこにこ笑《わら》いながら言《い》いました。

それは、お日様《ひさま》のようにあたたかくって、やさしい笑顔《えがお》でした。

今《いま》でも、私《わたし》の心《こころ》の中《なか》で、やさしくほほえんでくれています。

孫《まご》の美香《みか》ちゃんが、幼稚園《ようちえん》に入園《にゅうえん》した日《ひ》。それは、私《わたし》がここに来《き》てから、ちょうど二十五年目《にじゅうごねんめ》の春《はる》でした。

幹回《みきまわ》りは、四十五《よんじゅうご》センチメートルほどになり、背丈《せたけ》は、武雄《たけお》さんが刈《か》り込《こ》んでくれるので、さほど変《か》わりないのですが、四方八方《しほうはっぽう》に腕《うで》を伸《の》ばし、まるで、大《おお》きなパラソルを広《ひろ》げたような姿《すがた》になっていました。

真《ま》っ白《しろ》い花《はな》をたくさん咲《さ》かせ、ほのかな甘《あま》い香《かおり》をまき散《ち》らし、町内《ちょうない》でも姿《すがた》、花《はな》、香《かおり》が、一級品《いっきゅうひん》だと、観光協会《かんこうきょうかい》から表彰《ひょうしょう》され、評判《ひょうばん》の梅《うめ》の木《き》になったのです。

あちらこちらから、大勢《おおぜい》の人達《ひとたち》が見学《けんがく》にくるようになり、時《とき》には、手《て》を合《あ》わせ、拝《おが》んでくれる、おばあさんやおじいさんもいました。

私《わたし》はみんなから親《した》しまれ、かわいがってもらい、とっても幸《しあわ》せでした。これも、鈴木《すずき》さん家族《かぞく》が、私《わたし》を大切《たいせつ》に育《そだ》ててくれたからです。

二〇一〇年《にせんじゅうねん》、美香《みか》ちゃんは小学校《しょうがっこう》の三年生《さんねんせい》になりました。

社会科見学《しゃかいかけんがく》で梅林《ばいりん》に行《い》き、農家《のうか》のおじさんから、びっくりする出来事《できごと》を聞《き》いてきて、私《わたし》に教《おし》えてくれました。

「梅《うめ》ちゃん、青梅《おうめ》の梅《うめ》の木《き》に、プラムポックスウイルスっていう、やっかいなウイルスが見《み》つかったんだって。そのウイルスは感染《かんせん》する力《ちから》が強《つよ》いから、感染《かんせん》したら、根《ね》こそぎ引《ひ》っこぬいて、焼却《しょうきゃく》しなければいけないんだって」

美香《みか》ちゃんは瞳《ひとみ》をうるませ、声《こえ》を震《ふる》わせながら、話《はなし》を続《つづ》けました。

「あのね、ウイルスに感染《かんせん》すると、葉《は》っぱに、円形《えんけい》の斑点模様《はんてんもよう》ができるんだって。梅農家《うめのうか》の検査《けんさ》の後《あと》は、植木《うえき》も検査《けんさ》するんだって。梅《うめ》ちゃんも、きっと調《しら》べに来《く》るよ」

美香《みか》ちゃんの話《はなし》を、じっと聞《き》いていた私《わたし》は（……葉《は》っぱにそんな模様《もよう》もないし、私《わたし》には関係《かんけい》ない、大丈夫《だいじょうぶ》……）と、気《き》にしませんでした。

けれど、梅《うめ》の木《き》の仲間《なかま》は、「心配《しんぱい》だ」「大丈夫《だいじょうぶ》かしら」「もしも感染《かんせん》していたら」と、びくびくしていました。

暑《あつ》い夏《なつ》の日《ひ》、太《ふと》った男《おとこ》の人《ひと》が、汗《あせ》をふきながらやってきて、私《わたし》をぎょろりと、にらみつけました。

「東京都《とうきょうと》の者《もの》です。梅《うめ》の木《き》の調査《ちょうさ》をします。協力《きょうりょく》お願《ねが》いします」

「はーい」

都美子《とみこ》さんが返事《へんじ》をすると、肩《かた》から鞄《かばん》を下《お》ろし、私《わたし》の葉《は》っぱを二《に》、三枚《さんまい》採《と》って、小《ちい》さな袋《ふくろ》に入《い》れ、私《わたし》に白色《はくしょく》のタグを付《つ》けました。それから、都美子《とみこ》さんにいろいろ質問《しつもん》をすると、ノートに書《か》き込《こ》み、帰《かえ》って行《い》きました。

それから何カ月《なんげつ》がたっても、東京都《とうきょうと》からはなんの連絡《れんらく》もないので、武雄《たけお》さんも都美子《とみこ》さんも（梅《うめ》ちゃんは何《なん》ともなかったのね……）と、ほっとしていました。

私《わたし》も、内心《ないしん》びくびくしていたのですが、胸《むね》をなでおろしていたのです。


年《とし》が明《あ》け、一通《いっつう》の封書《ふうしょ》が届《とど》きました。

武雄《たけお》さんが封《ふう》を開《あ》け〝うっ、うっ、うう〟と、声《こえ》をつまらせ、都美子《とみこ》さんに渡《わた》しました。

都美子《とみこ》さんは手紙《てがみ》を、おそるおそる、読《よ》み始《はじ》めました。

「……『貴殿《きでん》の梅《うめ》の木《き》は検査《けんさ》の結果《けっか》、プラムポックスウイルスに感染《かんせん》しています。早期《そうき》に撤去《てっきょ》することに……』ど、ど、ど、どうしましょう」

都美子《とみこ》さんは、おろおろするばかりです。

夕方《ゆうがた》になって、冷《つめ》たい北風《きたかぜ》が吹《ふ》くなか、みんなが私《わたし》の所《ところ》に集《あつ》まりました。

「梅《うめ》ちゃん、検査結果《けんさけっか》が届《とど》いたよ。プラムポックスに感染《かんせん》していたんだって。どこからどうしてウイルスが入《はい》ったのか分《わ》からないけれど、梅《うめ》ちゃんを守《まも》ることができなくって……」

武雄《たけお》さんが、涙声《なみだごえ》で私《わたし》をさすりながら話《はな》してくれました。

私《わたし》は（そうだったのか、強《つよ》がりを言《い》っていたけれど、本当《ほんとう》はこの頃《ごろ》、足腰《あしこし》が弱《よわ》って、どっしり踏《ふ》ん張《ば》ることができなかった。花《はな》も実《み》も、前《まえ》から比《くら》べると少《すく》なくなっていた。年《とし》をとったせいかと思《おも》っていたが、ウイルスの仕業《しわざ》だったのか……）と、暗《くら》い気持《きも》ちになりました。

武雄《たけお》さんのさする手《て》は冷《つめ》たく、ぽとりと落《お》ちた涙《なみだ》のぬくもりが、私《わたし》の体《からだ》のしんまで浸《し》み込《こ》んできました。

私《わたし》は心《こころ》の底《そこ》から（ここ鈴木《すずき》さん家《ち》から、別《わか》れるのはいや、いやだ！）と、声《こえ》を張《は》り上《あ》げていました。

三月十三日《さんがつじゅうさんにち》に業者《ぎょうしゃ》さんが、私《わたし》を掘《ほ》り起《お》こしにやってくることになりました。

私《わたし》はそれまでに、花《はな》を満開《まんかい》にしようと、足先《あしさき》から栄養分《えいようぶん》を吸収《きゅうしゅう》し、枝《えだ》の先《さき》を空《そら》に向《む》けて広《ひろ》げ、日光《にっこう》を体《からだ》いっぱい取《と》り込みました。二月《にがつ》に入《はい》ると、蕾《つぼみ》をふくらませ一輪《いちりん》、また一輪《いちりん》と花《はな》を咲《さ》かせ、三月《さんがつ》には、ほぼ満開《まんかい》になりました。

「これが梅《うめ》ちゃんの見納《みおさ》めの花《はな》。仏様《ほとけさま》に……」

と、都美子《とみこ》さんは私《わたし》の一枝《ひとえだ》を、お仏壇《ぶつだん》に飾《かざ》りました。

幸子《さちこ》さんも花《はな》びらをピンセットでつまみながら、分厚《ぶあつ》い本《ほん》にはさみ、押《お》し花《ばな》にしました。

美香《みか》ちゃんも、画用紙《がようし》いっぱいに、私《わたし》を描《えが》いてくれました。

近年《きんねん》にない、見事《みごと》な花《はな》を咲《さ》かせたのですが、恒例《こうれい》の〈梅《うめ》ちゃん祭《まつ》り〉は中止《ちゅうし》でした。

ところが、三月十一日《さんがつじゅういちにち》、大《おお》きなゆれが足元《あしもと》をおそい、テレビやラジオで、東北《とうほく》に大地震《おおじしん》が発生《はっせい》したと伝《つた》えました。日本中《にっぽんじゅう》が大変《たいへん》になったのです。業者《ぎょうしゃ》さんも被災地《ひさいち》に手伝《てつだ》いに行《い》くことになり、私《わたし》の掘《ほ》り起《お》こしは延期《えんき》になりました。


その年《とし》の六月《ろくがつ》には、沢山《たくさん》の実《み》を付《つ》けました。

「今年《ことし》は梅干《うめぼし》も梅酒《うめしゅ》も出来《でき》ないとあきらめていたのに……。幸子《さちこ》、みんなで梅《うめ》ちゃんのもぎ取《と》りをしようよ」

都美子《とみこ》さんは、私《わたし》をながめながら、しんみりと言《い》いました。

「そうね、今度《こんど》の日曜日《にちようび》はどうかしら?」

私《わたし》は、みんなの声《こえ》が、再《ふたた》び聞《き》かれると思《おも》うと、嬉《うれ》しくってしかたがありませんでした。日曜日《にちようび》、ご近所《きんじょ》さんもいっしょに、わいわいがやがや、総出《そうで》で梅《うめ》もぎです。もいだ梅《うめ》を洗《あら》う人《ひと》、へたを爪楊枝《つまようじ》で取《と》る人《ひと》、桶《おけ》に塩漬《しおづ》けする人《ひと》、瓶《びん》に梅《うめ》、氷砂糖《こおりざとう》を交互《こうご》に入《い》れ、焼酎《しょうちゅう》を注《そそ》ぎ入《い》れ、梅酒《うめしゅ》を作《つく》る人《ひと》、みんなとても楽《たの》しそうです。都美子《とみこ》さんが梅酒《うめしゅ》の瓶《びん》に『二〇一一・七・三　ありがとう梅《うめ》ちゃん』と、書《か》いたラベルを貼《は》りました。

私《わたし》は本当《ほんとう》に（ここで育《そだ》ててもらってよかった……）と、つくづく思《おも》いました。

秋《あき》が過《す》ぎ、再《ふたた》びお正月《しょうがつ》を迎《むか》えると、業者《ぎょうしゃ》さんから連絡《れんらく》が入《はい》り、三月四日《さんがつよっか》に掘《ほ》り起《お》こしと決《き》まり、その日《ひ》が、とうとうやってきたのです。

私《わたし》がここに居《い》られるのは、もうちょっと、ちょっぴりだけです。楽《たの》しかったこと、悲《かな》しかったこと、面白《おもしろ》かったことが、噴水《ふんすい》のように、次《つぎ》から次《つぎ》へとわき上《あ》がり、心《こころ》の大型《おおがた》スクリーンに映《うつ》っています。

ふと寂《さみ》しさが押《お》し寄《よ》せ、心《こころ》がぐらっぐらっと大《おお》きく揺《ゆ》れた時《とき》でした。

スクリーンの映像《えいぞう》がとぎれ、私《わたし》の目《め》に、金色《きんいろ》の朝日《あさひ》をあびた、色鮮《いろあざ》やかな門《もん》、塀《へい》、ベランダ、そして、私《わたし》といっしょに、庭《にわ》に並《なら》んでいる植木《うえき》が飛《と》び込《こ》んできました。

〝キュキュキュー〟

ブレーキの音《おと》と同時《どうじ》に、ショベルカーを積《つ》んだトラックが停車《ていしゃ》すると、作業服《さぎょうふく》を着《き》た三《さん》人《にん》の職人《しょくにん》さんが、荷台《にだい》から、シャベルやツルハシを持《も》って降《お》りてきました。

「梅《うめ》の木《き》を撤去《てっきょ》します」

その声《こえ》を聞《き》いた幸子《さちこ》さんが、カメラを持《も》って飛《と》び出《だ》し、

「ちょっと待《ま》って下《くだ》さい。写真《しゃしん》を撮《と》らせて下さいよ。大事《だいじ》な、大事《だいじ》な、梅《うめ》ちゃんですから」

「時間《じかん》がないから、急《いそ》いで下《くだ》さいよ」

職人《しょくにん》さんは、スコップを踏《ふ》み込《こ》む足《あし》を止《と》め、幸子《さちこ》さんをにらみつけながら言《い》いました。

〝カシャ、カシャ……カシャ、カシャ、カシャ……〟

幸子《さちこ》さんは、私《わたし》の周《まわ》りを回《まわ》りながら、シャッターを何度《なんど》も、何度《なんど》も押《お》しました。

〝ガリガリガガガー　ザザザー　ドドドーン〟

ショベルカーは、私《わたし》の根《ね》っこを、簡単《かんたん》に掘《ほ》り返《かえ》すと、ワイヤーを取《と》り付《つ》け、いっきにト

ラックに積《つ》み込《こ》みました。トラックの上《うえ》で仰向《あおむ》けになると、見慣《みな》れた電線《でんせん》に、見慣《みな》れたカラスが、私《わたし》をじっと見《み》つめています。

これで（本当《ほんとう》に、本当《ほんとう》に、さようならか……）と、思《おも》ったら、涙《なみだ》がどっと滝《たき》のようにあふれてきました。

トラックのエンジンがかかり、トラックがゆっくり走《はし》りだすと、

「ありがとうよ、梅《うめ》ちゃん」と、武雄《たけお》さんのかんだかい声《こえ》。

「梅《うめ》ちゃん！　さ、よ、う、な、ら」都美子《とみこ》さんのとぎれとぎれのかすれた声《こえ》。

「ありがとう梅《うめ》ちゃん。さようなら梅《うめ》ちゃん」幸子《さちこ》さんの震《ふる》え声《こえ》。

「梅《うめ》ちゃーん。ありがとう」美香《みか》ちゃんの引《ひ》き裂《さ》くような声《こえ》。

決《けっ》して忘《わす》れることの出来《でき》ない、鈴木《すずき》さん家《ち》の家族《かぞく》の声《こえ》が、聞《き》こえてきました。

私《わたし》は力《ちから》を振《ふ》り絞《しぼ》り、ロープの間《あいだ》から頭《あたま》をもちあげ、小枝《こえだ》で涙《なみだ》をふりはらうと、そこには、四人《よにん》がトラックを追《お》いかける姿《すがた》が……。

私《わたし》もありったけの力《ちから》で、体《からだ》を右《みぎ》に左《ひだり》に大《おお》きくゆらし『ありがとう、さようなら』のサインを、送《おく》りました。

「ありがとう梅《うめ》ちゃん。さようなら梅《うめ》……」

「ありがとう梅《うめ》ちゃん。さよう……」

「ありが……」

聞《き》き慣《な》れた声《こえ》が、陽《ひ》だまりの子守唄《こもりうた》のように、徐々《じょじょ》に、じょじょに遠《とお》ざかっていきました。

# あとがき

紙《かみ》ひこうき第《だい》Ⅱ便《びん》を飛《と》ばすのに、試行錯誤《しこうさくご》を繰《く》り返《かえ》し三年《さんねん》が経《た》ちました。

その間《かん》、パイロット、乗務員《じょうむいん》の交代《こうたい》もありましたが、再《ふたた》び大空《おおぞら》へ飛《と》び立《た》つことが出来《でき》ました。

すてきなじゅもん「アアジャボワ……」を唱《とな》え、扉《とびら》を開《あ》けると、そこには、生《う》まれたての物語《ものがたり》が待《ま》っています。

この物語《ものがたり》が、皆《みな》さんを喜怒哀楽《きどあいらく》の世界《せかい》へと誘《いざな》い、のちに『夢《ゆめ》、希望《きぼう》、勇気《ゆうき》、元気《げんき》、幸福《こうふく》』へとつながれば……。そんな思《おも》いを抱《いだ》きながら、今日《きょう》まで書《か》き続《つづ》けた、私《わたし》たちです。

出版《しゅっぱん》にあたり、銀《ぎん》の鈴社《すずしゃ》、西野真由美《にしのまゆみ》様《さま》はじめ、多《おお》くの皆様《みなさま》のお力添《ちからぞ》えを頂《いただ》きました。紙上《しじょう》をお借《か》りし厚《あつ》くお礼申《れいもう》し上《あ》げます。

さらなる人々《ひとびと》との出会《であ》いを求《もと》め、紙《かみ》ひこうきは雨《あめ》や風《かぜ》にも負《ま》けず、飛《と》び続《つづ》けたいと思《おも》っています。

二〇一四年八月《にせんじゅうよねんはちがつ》　紙《かみ》ひこうき一同《いちどう》

・著者プロフィール

紙ひこうき

1998年　日本児童文芸家協会　所沢支部「紙ひこうき」を発足し、同人誌9号まで発行。

2010年　日本児童文芸家協会所属　所沢サークル「紙ひこうき」となる。

2011年　同人誌10号記念として銀の鈴社より『扉をあけると。キサモヨトジボ ふしぎなじゅもん』を出版。日本図書館協会選定図書

2012年　全国学校図書館協議会選定図書　電子書籍化される

2014年　シリーズ第2弾『扉をあけると。Ⅱアアジャボワ　すてきなじゅもん』を出版。

NDC913
紙ひこうき　編・著
神奈川　銀の鈴社　2014
96P　21cm（扉をあけると。Ⅱアアジャボワ）



定価＝一、二〇〇円＋税

鈴の音童話
扉《とびら》をあけると。Ⅱ　アアジャボワ　すてきなじゅもん

二〇一四年八月八日　初版
著　者——紙ひこうき©
発　行——㈱銀の鈴社　http://www.ginsuzu.com
発行人——柴崎　聡・西野真由美
〒248－0005　神奈川県鎌倉市雪ノ下三－八－三三
電　話0467（61）1930
FAX0467（61）1931
〈落丁・乱丁本はおとりかえいたします〉

ISBN978-4-87786-623-5　C8093

印刷・電算印刷　製本・渋谷文泉閣